メディアワークス文庫

今夜、世界からこの涙が消えても

一条 岬

目　次

「綿矢（わたや）先輩って大恋愛とかしたことなさそうですよね」

後輩の男の子から無邪気にそう言われたのは五月も終わりのことだった。

日差しがくすぐるように夏の訪れを知らせ、陽の光から逃れた大学の図書館裏は、ひんやりとしていて少し冷たい。

相手は成瀬（なるせ）という名字の、先月知り合ったばかりの一学年下の後輩だった。

不思議なことに彼は私を慕っていた。しかし自由を覚えたての大学一年生らしく、時々から回っていた。今も会話の弾みでしてしまった発言に自分で慌てていた。

大恋愛なんて私の柄じゃない。

いい意味で彼は正直だ。私は髪も短くてどことなく冷たい顔つきをしている。さばさばとした性格も相まって、周りからそういった印象をもたれても不思議ではなかった。

自分としても柄じゃないと思う。そもそも大恋愛ってなんだ。言葉からして陳腐で定義も曖昧だ。私たちの年齢でその大恋愛を経験した人間がどれだけいるのか。

ただ……。

「君が知らないだけだよ」

失恋も恋愛に含まれるのなら、私は高校時代に深く濃い恋愛をしたことがあった。

そのことは誰も知らない。自分の胸の内にだけそっと沈んでいる。相手も私が片思いをしていたなんて気付いていないはずだ。

私だけが知る失恋で、恋愛だ。

そんなことを思いながら時間を確認する。講義に向かう時刻となっていたので、「それじゃね」と言って私はその場を去る。

返答が意外だったからだろうか。後輩は軽く目を見開いていた。

それから約二週間後のことだった。その後輩に大学の図書館で告白されたのは。

「あなたのことが……好きです」

かすかに驚いたものの、答えは決まっていた。私は誰とも付き合う気がない。

今も以前も私が好きな異性はこの世界でたった一人だ。

そいつは私と同じで変わったやつだった。私と同じ趣味をしたやつだった。自分を忘れて誰かを恋するなんて、そんなことができるはずがないと思っていたやつだった。

でも、違った。

恋愛が人を組み替えていく姿を、私はそいつを通じて誰よりも間近に見た。

そいつが変わっていく姿を見ながら、なぜか置いていかれたようにも感じていた。

自分には何も始まらないのだ。何も始められないのだ、と。

「付き合ってもいいけど条件がある」

静かな言葉は静かな図書館の一角で、やはり静かに響いた。

「私を本気で好きにならないこと。これが守れる？」

告白してきた後輩は驚いていた。だけど本当に驚いていたのは私の方だった。

自分が信じられなかった。なぜ、そんな返答をしてしまったのだろう。

目の前の彼が、少しだけあいつに似ていたからだろうか。

あるいは私も恋愛によって、自分を忘れて組み替わっていきたいと思ったからか。

それともあいつとのことを、私は……。

いずれにせよ、今ならまだ全てを冗談にできた。始まっていく前に終わらせることができた。

しかし目の前の彼はわずかな逡巡（しゅんじゅん）を見せたあと、はっきりと私に向かって言った。

「はい」と。

さよならの仕方を教えて

1

初めから、終わりが見えているような恋だった。

話は私が高校二年生の時に遡る。相手は同級生の男子生徒だった。

私は人生で初めて恋をした。

それだけなら別にいい。

人はきっと、どうやっても人を好きになるよう作られているから。人間がいるところにならどこにでもある。悲しいことでも不自由なことでもない。

ただ、私の場合は少しだけ事情が違った。

私が好きになった相手は〝親友の恋人〟だった。

そいつの名前は神谷透（かみやとおる）という。

普通に比べて背は高いが、特別に目立つ容姿をしているわけじゃない。体が細くて白くて、一人でいることに慣れていて、時々悲しそうに笑う。

母親を幼い頃に亡くしたらしく、小説家志望の父親と二人で団地で暮らしていた。

理由は異なるが私と同じく両親が揃（そろ）っていない家庭で、多分だけど、同じように色んなことを諦めたり受け入れたりしていた。

その透とは高校で初めて一緒になった。

とはいっても同じクラスになったことはない。透は家庭の事情で大学進学を諦めていた。高校卒業後は公務員になろうとしていた。

そういった事情もあって、特進クラスにいた私と私の親友とは関わりがなかった。

そのはずだった。

しかし高校二年生になってしばらくした五月終わりのある日、透が私の親友である日野真織に告白をした。

私であるところの綿矢泉。

ほとんど知らない同級生であった神谷透。

そして私の親友の日野真織。

透の告白がなければ、私たちが三人になることはなかった。透とは永遠に他人だった。人生の通行人だった。

だけど私たちは出会ってしまった。少しばかり、それぞれが特殊な事情を抱えて。

「あの、ちょっと話いいかな？　用事があってさ」

今でも昨日のことのように思い出せる。放課後になって私と真織が廊下で話していると透は突然現れた。真織に声をかけてきた。

思い返すと……かすかに悲しくなる。

透は最初から私の親友である真織のことだけを見ていた。当たり前だ。透が用事があったのは私ではなく、真織だったのだから。

私はただの脇役で、真織の友達か単なる女生徒Aだった。

そんな人物の恋の行方がどうなるかなんて、説明しなくても分かるだろう。

単なる女生徒Aが主役に恋をしてしまったようなものだ。

叶うわけがない。恋愛物語はあまり好きじゃないけど、お決まりの恋愛物語なら引き立て役にしかならないだろう。

もっとも、私は初めから透に恋をしていたわけじゃない。当初の私が透にもっていた印象は恋愛とは遠いものだった。

透は真織に声をかけてきた時、自分から声をかけておきながら明らかに気乗りしない顔をしていた。人間として芯はありそうに見えたが、どうにも胡散臭かった。

透に廊下で声をかけられた真織が、誘われて校舎裏へと二人で向かう。

真織とはあとで図書室の前で合流することになった。隠れて様子を見に行こうか迷ったものの親友の間にも最低限の礼儀はある。落ち着かない気持ちで真織を待ち続けた。

「彼と付き合うことにしました」

その真織が、約束の場所にやって来るなりそう言って私を驚かせる。

真織は飾らない性格と端正な容姿から人気があった。男子に媚びることもないので女子受けもいい。そんな誰からも愛されるような子ではあったが、過去に告白されても全て断っていた。それがその時は違ったのだ。

「というか、どうしてまた？」

「告白されたの。だからね、付き合ってみようかと思って」

「ちょっと意味が分からない。えっと、神谷だっけ。ちなみにソイツに記憶のことは」

「教えてないし、教えるつもりもないよ。でもね、こんな状態でも何か新しいことが出来るかもしれないって考えたら、試してみたくなって」

記憶。

真織が普通の状態であれば、私だってもう少し落ち着いていられただろう。

だけど落ち着けない事情があった。生徒の中では私だけしか知らない、ある秘密が真織にあったからだ。

真織は記憶に障害を負っていた。前向性健忘（ぜんこうせいけんぼう）という名前の特殊な記憶障害だ。日常生活に大きな支障はないが、高校二年生のゴールデンウィーク中に事故に遭って以降、翌日に記憶を持ち越せなくなっていた。

寝て脳が一日の記憶を整理し始めると、整理されるべき記憶が消去されてしまい、新たに蓄積することができない。そんな状態だった。

その真織が、これまで面識すらなかった透に告白されて付き合うことにしたと言う。

あとで知ることになるのだけど、真織は透との付き合いに際して条件を出していた。

一つ目、放課後になるまで話しかけないこと。

二つ目、連絡はできるだけ簡潔にすること。

そして最後が……。自分のことを本気で好きにならないこと。

2

いくら勘違いや空回りが多い僕でも、綿矢先輩と釣り合わないことは理解していた。

僕にはこれといった特徴がない。

外見的なことについてもそうだし、内面的なことについてもそうだ。

以前、そんな自分でいいのか悩んで秀でている部分を本気になって考えてみたけど、「成瀬くんは絶対に他人の悪口を言わない子です」という、小学校の通知表に書かれていた美点しか見つけられなかった。

僕には僕だけの持ち物がない。

国立大学に受かるために勉強だけは頑張ってきたが、同じ大学に入った人なら誰だってやってきたことだ。

事あるごとに考えてしまう。僕には僕だけの持ち物がない、と。

そんな僕が人生で初めて一目惚れをしてしまった。

相手は同じ大学の一学年上の先輩だった。その人の名前は綿矢泉さんという。

出会った日のことはよく覚えている。ひょっとすると生涯を通して忘れられないかもしれない。

大学に入学したばかりの四月のことだ。白く霞んだ春らしい空の下、僕は大学のキャンパスで同じ地元出身の先輩と話をしていた。

その男性の先輩とは中学も高校も一緒で、中学では同じ部活に所属していた。後輩の面倒見がいい先輩で、大学も同じになったことを喜んでくれていた。

「一年で可愛い子がいたら紹介してくれよな」

……いい意味で、とっても愛嬌のある人だった。

その先輩と話をしていたら、背筋の伸びた女性が近くを通りかかる。

「おう綿矢」

先輩が声をかけると女性が足をとめた。

短い黒髪が揺れ、切れ長の目をした美しい人が顔を向ける。

それが綿矢先輩だった。

先輩同士で何か話をし、やがて綿矢先輩が手で挨拶してその場を去ろうとする。

ただ、僕が見ていたからだろう。綿矢先輩が気付いて僕に視線を移動させた。

目と目が合った瞬間のことをよく覚えている。凛と寂しさが鳴った。

彼女の深いところには清冽な、他者の理解を拒むような寂しい何かがあった。

なぜか、そう感じていた。

でも綿矢先輩は僕と目が合ったことなんて覚えていないだろう。すぐに背中を向けて去っていく。彼女だけのどこかへ向けて消えていく。

僕が放心したようになっていると、地元が同じ先輩が気遣ってか声をかけてきた。

「おい成瀬、大丈夫か？」

「え、あ……はい」

綿矢先輩が美しかったということも勿論ある。しかし、美しさ以外の何かを僕は彼女に見ていた。その何かを通じて一瞬で心が奪われていた。

「あの、今の人って……」

先輩に質問し、綿矢泉さんという名前を知る。同じ学部ということも分かった。

「ひょっとしてお前、綿矢のことが気になってるのか？」

すると先輩がなんだか楽しそうな表情となる。

「いや……まぁ、その」

「なら俺に任せておけ」

当時、いったい何を任せるのか理解していなかった。はぁ、と曖昧に笑った。

それから約一週間後、その先輩に飲み会に誘われる。

何事も経験だと思って参加すると、十数人での先輩同士の居酒屋での飲み会だった。

隣のテーブルには綿矢先輩がいた。

僕はそこで、ここに誘われた意図を驚きながらも理解する。

地元が同じ先輩は飲み会の幹事ということで、とりあえず座ってご飯を食べているように言われた。僕は隅っこの席に座りながらも絶えず綿矢先輩のことを意識していた。

しばらくして、あちこちで話していた地元が同じ先輩が戻って来る。

「どうだ飲んでるか」

「未成年です」

「飲んでるな」

「ウーロン茶ですが」

そんな会話をしたあと、先輩が何かを思い出した様子になる。僕に向けて微笑むと、隣のテーブルにいる綿矢先輩に声をかけた。

「おい綿矢～。この一年、高校の後輩なんだけどさ。お前のことが好きだってよ」

僕の片思いが、飲み会が始まって一時間もしないうちにバラされる。周囲の人から歓声が上がり、興味深そうに僕を見てきた。

僕が慌てていると綿矢先輩も視線を向けてくる。

「え？　そうなの？」

「あ、いや、その」

「まぁでも……私はやめた方がいいよ。すっごく面倒な女だと思うから」

思えばそれが、綿矢先輩が僕を僕として認識してくれた最初の瞬間だった。

焦りもあって僕がその時になんと応じたのか覚えていない。

周りの人に押しやられ、やがて綿矢先輩の隣に移動して会話をすることになった。

寂しげに感じた印象とは異なり、思った以上にざっくばらんに話す人だった。

よく笑って冗談を言う。既に二十歳ということで、火のように強いお酒を水のように飲んでいた。明るくさえあった。

なんとか名前は知ってもらえたけど、連絡先の交換なんてことはできなかった。

続く二次会ではもっと話せるよう頑張ろうとしたが、綿矢先輩は参加しないということだった。一次会が終わると、何人かの先輩と一緒になって駅の方向へと消えていく。

「よ〜し成瀬、ちゃんと残ってるな」

僕は地元が同じ先輩に「絶対だ」と言われて二次会に参加した。後輩を紹介してくれと以前言っていたのに、大恋愛中だという片思いの相手の話を彼から延々と聞いた。

初めての飲み会でへとへとになりながら深夜に帰宅する。

シャワーだけ浴びて眠りに就き……僕はそこで印象的な夢を見た。

またどこかで飲み会をしていた。そこには綿矢先輩もいた。僕は思わずといった調子で、隣で笑っている彼女に尋ねる。

「どうして綿矢先輩は笑っているんですか？」

夢とはいえ、かなり失礼な質問だ。何がそうさせたのだろう。

印象とは異なり、綿矢先輩が笑っている姿に違和感を覚えたからだろうか。彼女がどこか、無理をしてでも笑っているように見えたからか。

綿矢先輩が僕に顔を向ける。そっと微笑むと、答えた。

「泣くよりも」

はっとなって目覚める。朝になっていた。すぐに思い出そうとしたためか夢は消えず、その名残に心臓が強く鼓動していた。

人というのは不思議な生き物だと思う。夢なのに、夢のことにすぎないのに、綿矢先輩が出てきて彼女のことをまた好きになっていた。

それ以降、僕は思い切って大学で綿矢先輩に話しかけに行った。

「こ、こんにちは綿矢先輩」

最初に挨拶した時、先輩は明らかに驚いていた。

「あれ、この間の子？　えっと……成瀬くん、だよね。私が好きっていう」

「あ、はい。その節はどうも。ご、ご機嫌いかがですか？」

「ん……え？　ま、まぁ、それなりかな」

自分の好意が伝わっている相手と話すのは、なんだか不思議な感じがした。ふわふわと頼りなげで曖昧な感情の塊が、周りに浮かんでいるような気さえする。

綿矢先輩はショートカットがよく似合う凛としたクールな印象だった。だけど飲み会の時に感じたように、話してみると気さくな人で、初対面の時に覚えた寂しさとは無縁な人のように思えた。

「あ、もう行かなくちゃ。じゃね……えっと、成瀬くん」

それ以降も僕はキャンパスで先輩を見かける度に挨拶をした。

その時に交わされる会話は当たり障りのないものばかりだった。天気のことや講義のこと。同じ学部の教授のこと。共通の知り合いである、僕と地元が同じ先輩のこと。

それでも僕は満足だった。綿矢先輩が僕を僕として認識してくれている。成瀬くん、と名字すら呼んでくれた。

ここにあるのはゼロじゃなくて、育っていない一なんだと感じることができた。

ゼロはどれだけ掛けても一にはならない。

ゼロと一の間には無限にも似た距離がある。

通行人や背景の一部としてゼロで終わってしまうことが多い中、大げさかもしれないけど、僕と綿矢先輩の間には一があった。

僕はその一を大事にした。大事にしたいと願った。

大学生活にも慣れ始めると、大学に向かう目的の半分以上が綿矢先輩と少しでも会話を交わすことになっていた。

「あっ、綿矢先輩」

「あぁ成瀬くんか。またどうしてこんなところに？」

「今日はまだ先輩に挨拶してなかったので、頑張って探しました」

「君って、見た目によらず結構変わってるよね」

その綿矢先輩だけど、キャンパスの分かりやすい場所にいる時もあれば、誰も人がいないような場所でひっそりしている時もあった。

僕の存在が鬱陶しかったせいかもしれないと考えて、愕然としかけたこともあったけど、地元が同じ先輩に聞くと以前からそんな調子らしかった。

「綿矢は一人が好きなんだよ」

一人でぼんやり空を見たり、本を読んだり、日記のようなノートを開いていることが多いという。その光景は僕もこれまで目にしていた。

「でも成瀬と話してる時は割と楽しそうだし、気にしすぎるな。それより俺の話を聞いてくれよ。あの子がさ～」

恋だ愛だ大恋愛だという話を聞きながらも、彼の言葉に勇気をもらう。

僕はそれからも様々な場所で綿矢先輩を見つけては挨拶した。

それは事務棟の裏だったり、使われていない教室だったり、図書館の純文学コーナー近くの机、離れた位置にある天井の低い学食、図書館裏のベンチだったりした。

「先輩、こんにちは」

今日は綿矢先輩は図書館裏のベンチにいた。初夏の日差しもそこには届かず、ひんやりとしていて涼しい。先輩の手には開いた文庫本があった。

「はい、こんにちは。たまにさ、成瀬くんと挨拶してると小学校の教師の気分になることがあるよ」

「先輩、教師も似合いそうですよね」

「眼鏡でもかけてあげようか？」

「いや、先輩はそのままでいいというか、なんというか」

微笑を浮かべながら僕を見ていた先輩が、手にしていた文庫本を閉じる。

その際に表紙に目がいった。

意外なことに、世間で評判になっている映画の原作小説だった。作者が美人なことで有名だから覚えている。西川景子(にしかわけいこ)さんという女性作家の作品で確か大人の恋愛ものだ。

「先輩も恋愛小説を読むんですね。それ、映画になってるやつですよね」

「恋愛小説？　あぁ、この小説のことね。原作は純文学のジャンルだし、別に恋愛小説ってわけじゃないんだけどさ。まぁでも、恋愛ものとして読んでも面白いかもね」

先輩が少しだけ饒舌になっていた。

ひょっとすると先輩は純文学というジャンルが好きなのかもしれない。実際に図書館のコーナーで見かけることもあった。

「面白そうですね。僕も買ってみようかな」

「いいんじゃない？　登場人物に学生はいないけど、普通に楽しめると思うよ。今なら文庫本化されてるし、どこの本屋さんにでもあると思うから」

思わず先輩と話が盛り上がりそうになり、僕は浮かれてしまう。

「泣ける系ですか？」

「かもしれないね」

「僕、そういうのに弱いんで気を付けないと」

「確かに君、そういうのでボロボロ泣きそうなタイプに見えるもんね」

先輩が悪戯な顔となって笑い、僕は恥ずかしくなる。まさにそんなタイプだからだ。

「ごめんごめん。悪口じゃないからさ。あ、そういえば聞いた？」

気を遣ってか綿矢先輩が話題を転換する。僕と地元が同じ例の先輩が、片思いの相手に告白して振られたという話になった。

それなら僕も知っていた。実は誰よりも詳しいかもしれない。大学で会う度にたっぷり話を聞かされていたし、振られた彼を慰めたのは僕だからだ。

そのことを伝えると綿矢先輩は笑った。

「じゃあ成瀬くんも聞かされてたんだ。大恋愛の果てに振られたってやつ」

「そうですね。出会いから別れまで含めて、もう六回は聞いてます」

「映画六本分だね」

「だけど毎回、僕を飽きさせないためか細部が少し違ったり、演出が強化されていったりしてます。最終的には大感動作になるかも。いや、大恋愛作かな」

恋愛に絡めた話をしている最中、ふとあることに考えが及ぶ。

綿矢先輩に恋人がいるのか、僕は知らなかった。地元が同じ先輩も詳しいことは知らないらしく……それを今、綿矢先輩本人から聞けるチャンスかもしれない。

そう考えると途端に緊張してしまう。

そんな僕の心境には気付かず、綿矢先輩は言葉を続けていた。

「飽きさせないためっていうか、勝手に継ぎ足してるだけだと思うけどな」

「でも僕としては楽しめてます。大恋愛なんて、現実だとそうそうありませんしね」

「…………あぁ、うん。そだね」

なぜだろう。綿矢先輩の返答がわずかに遅れた。それに伴ってか、先輩の顔に寂しい光のようなものが一瞬だけ差した気がする。

ただ、緊張していた僕はそのことにあまり気が回せなかった。

どくどくと心臓の鼓動が自覚される。綿矢先輩のことが僕は知りたかった。先輩に恋人はいるのか。それが気になっていた。

というか、これだけ綺麗な人だ。過去に恋人がいたことだってあるだろう。

その誰かには、先輩は僕らには見せない顔を見せていたのだろうか。

あるいは今も見せているのだろうか。

それが知りたかった。どうにかして尋ねてみたかった。

だから軽い空気を作って、ごく自然な調子で聞いてみようと思った。冗談まじりに。できるだけなんでもなく。「それこそ」と前置いて。

「綿矢先輩って大恋愛とかしたことなさそうですよね」

一瞬、先輩が驚いたような表情を見せた。

その直後、いくらなんでも失礼な発言をしたことに思い至る。慌てて謝ろうとすると、先輩は遠くを見るような目をしたあとにそっと笑う。

「君が知らないだけだよ」

「え？」

綿矢先輩が再び微笑んだ。ひどく、悲しげだった。

それから先輩がスマホで時間を確認する。

「もうこんな時間か。そろそろ行かなくちゃ。それじゃね」

そして、そんな言葉を残して去っていった。いつものように一人で歩き出した。

先輩の後ろ姿を僕は無言で見つめる。心は水たまりのような静けさの中にいた。

僕の知らない先輩の世界があるんだということを、強く自覚させられた。

『君が知らないだけだよ』

その言葉の通りだった。僕は先輩のことを何も知らない。現在のみならず過去も。

やり場のない悲憤が僕という存在に絡みつく。

それだけじゃなく、あるいはこれからのことも……。


後日、以前に飲み会に参加していたほかの先輩たちに思い切って聞いてみた。

昔のことは分からないけど、綿矢先輩は大学に入ってからは誰かと付き合っている様子はないということだった。

ならあの言葉が指すのは、中学か高校時代のものなんだろうか。今はその相手と別れてしまっているということなんだろうか。

あれ以来、綿矢先輩と会うのが躊躇われるようになっていた。失礼な発言をしてしまった気まずさもある。

それ以上に、ただ子犬がじゃれるように先輩を好きなだけでいいのか、疑問を覚えるようになった。それでは何も変わらないのではないのかと。

綿矢先輩と期せずして再会したのは、最後に話してから約二週間後のことだった。

六月に入り、来月の試験のために僕は図書館で勉強をしていた。疲れたので息抜きに散歩をしようと館内を歩く。純文学のコーナーには意図的に近づかなかった。

だけど僕は見つけてしまう。綿矢先輩が一人用の勉強机の椅子に腰かけていた。珍しいことに机にうつ伏せになって寝ていた。

心臓が強く脈動し、自分が先輩に心を惹かれていることがあらためて分かる。

図書館は冷房がよく効いていた。寝ていると体を冷やして風邪を引いたり、体調を崩すことがあるかもしれない。

悩んだ末、僕は先輩を起こすことにした。

「え……あれ？　君」

肩をそっと叩くと先輩が目を覚ます。

やましい気持ちはなかったが先輩は女性だった。細い肩の感触が指先に伝わる。

どんな自分で先輩と対すればいいか分からず、僕は困ったような表情を浮かべた。

「すみません。冷房が結構効いてるので、風邪を引いちゃいけないと思って」

「あぁ、そっか。ありがとね」

久しぶりに顔を合わせたこともあって、つい先輩を見つめてしまう。

僕は彼女のことがどうしようもなく好きだった。寂しそうなのに明るくて、明るいのに寂しそうで……。何が彼女をそうさせているのだろう。

知りたいから好きになるのか、好きだから知りたいのか、その順序に区別がつかない。先輩のことを考えていると気持ちが溢(あふ)れてしまいそうだった。

「えっと……。それじゃ、失礼します」

本当はもっと話したかったけど、あまりしつこいのもよくないだろう。

そう考えた僕は静かにその場を去ろうとする。

「あの、さ」

しかし声をかけられて足をとめた。

振り返ると先輩が立ち上がっていた。なぜか苦しそうに笑っていた。

「私……優しい男は好きじゃないの」

なんと答えればいいか、迷ってしまった。僕が好意を寄せていることが迷惑になっているのだろうか。自分のことは諦めるよう言われているのか。

「僕は別に、優しくなんてないから大丈夫です」

その発言に先輩は無言になる。思わず僕は質問をした。

「どうして、優しい男は嫌いなんですか」

「……むかつくから」

「人間ってさ……本来、自分本位な生き物のはずでしょ？　でも優しい男って、自分本位に生きないから」

「え？」

先輩は誰のことを言っているのだろう。

先輩は今、確かにここにいる。現在に所属している。それにもかかわらず、先輩の目は、ここではないどこか別の場所を見ているように感じられた。

「自分本位に生きないから、嫌いなんですか」

「そう。自分本位に生きて、他人のことなんて考えず、ただ自分のしたいことだけをしてほしい。それで……なんなら他人にだって平気で嫌われてほしい。そうやって世に憚(はばか)ってほしい」

何かそれは、先輩の切なる願いのようにも聞こえた。

言い終えた先輩が僕を見つめる。また、いつかのように悲しそうに笑った。

「君はそういうタイプじゃないよね。だからさ、私のことは……」

諦めて。

先輩は多分、そう言おうとしていた。それを遮って僕は言葉を紡ぐ。

「あなたのことが……好きです」

踏み込む余地を完全に奪われる前に、言わなくてはならないと思った。

先輩に「諦めて」と言われたら、もう、そうするしかない。

それでも僕は先輩のことを諦め切れないだろう。

だけど踏み込む余地は一切ないと理解して、世界の片隅で先輩のことを恋しく思いながら、キャンパスでその姿を知らず知らず追うしかないのだ。

そんな自分の姿が容易に想像できた。

しかし分かってもいた。告白してもどうしようもないことは。

僕では先輩に届かない。振られてしまう。その覚悟はしていた。

だからたっぷりとした間を挟んだあと、先輩からそう言われた時には驚いてしまった。

そしてこれは勘違いかもしれないけど、先輩も口にしながら驚いていた気がした。

「付き合ってもいいけど条件がある」

その先輩が言葉を続ける。

「私を本気で好きにならないこと。これが守れる？」

人の少ない図書館は静かで、空調が館内を冷やす音だけが静かに回転していた。

外界の静けさに比して身の内はやけに煩い。心臓が命を刻み続けている。

目の前には、明るくて寂しい美しい人がいた。

その人のことを僕はもっと知りたいと思っていた。なのにその人に、本気で好きにならないよう言われてしまった。

それは、どういう意味なんだろう。

僕の好意はお遊びだと思っているのだろうか。ファッションのように相手のことを好きになっていると、そう思われてしまっているのだろうか。

何よりも、その条件を受け入れなかったらどうなるのだろう。

先輩は今のことを冗談にして、明るくこの話を終わらせるのか。そうなったらもう二度と、先輩の心や過去に触れることはできなくなるのか。

逡巡はわずかな間のことだった。いずれにせよ自分が返すべき言葉は決まっていた。

僕は先輩のことが好きだった。先輩のことをもっと知りたい。

言葉は、間に合うだろうか。先輩は「冗談だよ」と今にでも言って提案を翻さないだろうか。間に合ってくれ。そう願いながら僕は答えていた。

「はい」と。

3

高校二年生のあの日の放課後、面識もなければ好意もなさそうな真織相手に、透がなぜいきなり告白したのか。私は当時、そのことをずっと疑問に思っていた。

――イジメられていた友人を守るための罰ゲーム。

事実をすぐに知らなくてよかったのかもしれない。透の人柄をよく知らなかった当時、告白の理由を知っていたら透のことをきっと嫌いになっていた。

真織にも透とは早く別れるよう強く言ったかもしれない。

ただ、告白された当人の真織は罰ゲームでの告白であると察していたらしい。

そして相手に好意がないと知っていたからこそ、前向性健忘の自分でも何か新しいことがしたくて、条件付きで告白を受け入れたということだった。

つまり二人は最初、お互いが好きという理由で付き合ったわけではないのだ。

透には透の事情があり、真織には真織の考えがあった。真織も自分の身勝手で始めたことだからと、二人が本当の恋人ではないことを私に隠していた。

そういった経緯もあって私は透のことを最初は疑って見ていた。何か魂胆があって真織に近づいたのではないかと警戒すらしていた。

それには私の人間性も関係していたんだろう。真織とは違い、私は誰とでも仲良くなれる人間ではない。表面上はできるが簡単に人に心を許すことができない。

人のことが私は怖かった。

小説の登場人物とは違い、実際の人間は何を考えているのか分からない。

相手を知る手段は言葉を交わすことや表情から感情を読み取ることしかなく、その言葉も表情も簡単に偽ることができるものだ。

　だから私はできるだけ、特定の人物以外とは懇意にならないようにしていた。その代わり、親しくしたいと決めた人物とは、とことん親しくなろうと考えていた。

　高校生の私にとって、その対象は真織だった。真織には裏も表もない。

　高校一年生で同じクラスになり、真織とは初めて知り合った。冷酷そうに見える私にも普通に声をかけてくれて、いつしか親友と呼べる間柄になっていた。

　私は純粋に真織のことを尊敬もしていた。彼女が本当の意味で努力家だったからだ。

　真織は時々、授業の合間に右手の中指を見ていることがあった。クラスメイトでそのことに気付いていたのはおそらく、私だけだ。

　真織の右手の中指にはペンだこがあった。

　私たちの通う高校は一応の進学校で、中学ではそれなりに勉強ができた生徒が集まっていた。その中で埋もれないために真織は努力し続けていた。

　だからこそペンだこがいつまでも消えず、自分の評価を試みるようにして、それをじっと見つめていたのだろう。

　ただ、真織が努力し続けられたのは記憶障害を負うまでだった。

　前向性健忘になってから真織は努力ができなくなった。たとえ一日でどれだけ勉強しても、それは記憶として定着せず明日になると全て忘れてしまう。

　忘れてしまうのは知識だけではない。自分が事故に遭って記憶障害になった事実も眠れば忘れてしまう。目覚める度、毎朝、真織は過酷な現実と直面することになる。

それでも真織は前向きに生きていた。障碍者に対する国の特例制度と学校の協力もあり、出席日数さえ足りていれば卒業が認められ、高校にも頑張って通っていた。

その方が休学や退学をして家でじっとしているよりも、精神衛生上よかったからだ。

しかし、どうしようもなく精神に不調をきたす時もあった。朝目覚め、自分が記憶障害を負っていることを知る。それを受け入れてどうにか日常生活を送る。

当然のようにそこには困難を伴う。いつも同じというわけにはいかない。

「そんな状態じゃ、生きてても意味がないよ」

いつかの真織はそう言って弱音も吐いていた。多分だけど泣いていた。真織が教室に現れず、心配した私が家に行くと真織は部屋に引きこもっていた。

未来を奪われた心地だったんだろう。記憶障害である限り、何も積み上げていくことができないから。どれだけ一日を頑張っても、夜眠ればリセットされてしまうから。


そんな真織の悲しみを和らげたのが……透だった。

私ではできないことをやったのが、真織を好きではないはずの透だった。

偽物であってもいいから恋人として透は真織のそばにい続けた。そばにあり続けた。

真織の両親も私も、家族として親友として真織のそばにい続けたつもりだった。だけど家族では足りないことがあった。親友でも及ばないことがあった。

けれど恋人なら……。

「明日の日野も、僕が楽しませてあげるよ」

ある時から透は真織のことを本当に好きになっていた。

それも真織が隠していた記憶障害を知ったうえで。

真織は日々のことをノートや手帳に書き溜め、日記で記憶を補完していた。

そこには良いこともあれば悪いことも書いてある。真織を楽しくさせることもあれば、悲しくさせることもあった。

それを見越した透は、真織が書く日記を楽しい内容で埋めようとした。

毎朝、自分が前向性健忘である事実を突きつけられる真織が、その日記を見て勇気が出せるように、一日が絶望で覆われないように。

透は毎日の真織を必死に楽しませた。真織も透の横で自然に笑い始めた。

私はそんな二人の姿を黙って見ていた。

恋愛によって透が変わり、記憶が継続していかない真織すらも変わっていく姿を黙って見ていた。いや、その表現は正しくないのかもしれない。

黙って見ていることしか私にはできなかった。

それまで私はたくさんの本を読んできた。人生を知った気でいた。

しかし一見して当たり前のことではあるけど……本は人生そのものではないのだ。

4

目覚めたら全てが夢で終わっているかと思った。

勿論、心の底から僕はそんなことを思っているわけではない。現実は強固だ。

だけどそれくらい現実感のないことだった。僕は綿矢先輩と付き合うことになった。

図書館で告白して条件付きで受け入れられたあと、僕らは連絡先を交換した。

『じゃあ今日から恋人ってやつかな』

『そう、みたいですね……』

『年上の恋人ができてどう？　嬉しい？』

『え、や、それは』

『冗談だから。まともに答えなくていいよ。それじゃ、よろしくね』

綿矢先輩は先程までの深刻な自分を忘れたかのようだった。冗談まじりで言葉を紡ぎ、机に広げられていた本などを片付けるとその場を去ろうとした。

『あ、あのっ……。どうして、本気で好きになっちゃいけないんですか？』

思い切って尋ねると綿矢先輩が振り返る。僕をじっと見つめた。

『伝わってないかもしれないんですけど。僕、本気で先輩のことが……』

『じゃあだめだよ。別れよっか』

そのあっさりとした言葉の響きに僕は怯えてしまう。先輩はわずかに考え込んだ。

『私は……。うん、ごっこでいいの。表面的な恋愛で構わない。むしろ、それがいい。成瀬くんがその条件が嫌なら、やっぱりさ』

やめようか。

そう言われる前に僕は自分の意志を差し込む。

『いえ、それで大丈夫です。それでも先輩と、一緒にいられるなら』

ごっこ。僕らの付き合いは恋愛ごっこだと綿矢先輩は言った。

表面的な恋愛でいいと。

その言葉にどうまとまりをつけるべきか僕は考えた。

だけど案外、結論は早く出た。ごっこで構わない。今はそれでもいいと。

最初は真似事でも、いつかそれが本物になることがあるかもしれないから。

そんなことを思い返しながら大学へと向かう準備をする。

入学に伴い、僕は大学近くのアパートで一人暮らしを始めていた。今日は講義が一時間目からある日なのでいつもより早く家を出る。大学までは徒歩で十分もかからない。

敷地内に入ると、ついくせで綿矢先輩がいないか探してしまう。

《先輩、今日って大学に来てます？》

アプリでそう尋ねれば済むだけの話かもしれないが、昨日の今日でメッセージを送る勇気がなかった。

結局、綿矢先輩の姿を見ることのないまま午前の時間は講義で過ぎていく。

昼休みになり、同じ学部でできた友人たちと学食へ向かう。日替わりメニューで悩んでいると視界の端で特別なものを見た気がした。

そちらに目を向けると、昼食が載ったトレイを持った綿矢先輩が、食堂の椅子に一人で腰かけようとしているところだった。

「また綿矢先輩を見てるのか？」

視線の先に気付いた友人にそう言われる。僕の綿矢先輩好きは知られ、その関係もあって彼らも先輩のことを認識していた。

一人が言及すると、ほかの友人たちも綿矢先輩に視線を転じる。

「うわ、一人で堂々と食事してる。相変わらず格好いいな、あの人」

「不思議な人だよな。浮世離れしてるっていうかさ」

それが多分、同じ大学に通う人たちの共通の認識や評価だろう。

友達がいないと思われたくなくて群れがちな大学の中、そういったこととは無関係で一人でいて、飄々（ひょうひょう）としていて、格好良くて、不思議で……。

その先輩と僕が、条件付きではあっても付き合っていることが信じられなかった。

先に席を取っておくという友人らを見送ったあと、僕はスマホを手に取る。迷った末に綿矢先輩へとメッセージを送った。

《こんにちは。先輩のこと見つけましたよ》

少しだけ緊張していた。メッセージがきたことには気付いても、相手が僕だと知って無視されたらどうしよう。

そんな姿を目の当たりにしてしまったら、どんな気持ちになるだろう。

視界の中で綿矢先輩が何かに気付いたようにスマホを手に取る。タップして画面に視線を注いだあと、きょろきょろと辺りを確認し始めた。

やがて僕を見つけ、そっと笑う。スマホに何かを打ち込み始めたと思ったら、先輩からメッセージがきた。

《寝ぐせついてるから直した方がいいよ》

思わず髪の毛を触ってしまった。慌てて直そうとしていると再びメッセージがくる。

《ごめん、嘘（うそ）》

再び視線を向けた先では、先輩が静かに微笑んでいた。

付き合い始めたからといって何かが劇的に進むことも、また退くこともなかった。

大学では綿矢先輩はいつもの先輩らしく過ごしていたし、僕が恋人面をしてそのスタイルを乱すこともなかった。

付き合い始めたことを友人に僕が話していないように、綿矢先輩も誰かに話している様子はなかった。それでも明確に変わったことがあった。

「やっほ、なに読んでるの？」

アパートから近いこともあり、勉強や読書をする時は大学の図書館を利用していた。綿矢先輩が以前読んでいた小説を購入してページを開いていたら、その先輩が声をかけてきた。

「いや、そこまで驚かなくても。目、すごい見開いてるよ」

先輩から声をかけてくるなんて、これまでにないことだった。指摘されたように目も見開いてしまっていたかもしれない。

「いや、その……びっくりしてしまって」

先輩が微笑を浮かべ、あいていた隣の席に座る。僕が手にしていた小説に気付いた。

「あれ？　その小説って……この間の？」

「あ、そうです。大学の書店にも売っていたので買ってみました」

「ここで読んで大丈夫なの？　図書館で小説読んで、えぐえぐ泣いてる人の姿って結構シュールだと思うけど」

　言われて想像する。確かにかなりシュールな姿だった。

「泣きそうになったら、トイレに駆け込むから大丈夫です」

「余計シュールだって」

　頬杖(ほおづえ)を突いて先輩が笑う。その瞬間、よく似合っているショートの黒髪が揺れた。

　先輩は滴るように美しかった。

　その美しさに目を奪われていると先輩が尋ねてくる。

「そういえば君って、これまでに誰かと付き合ったことあるの？」

　それは、恋愛ごっこのことと関係があるのだろうか。どう答えるべきか迷ったが、隠すことでもなかったため正直に応じた。

「あ、まぁ、はい」

「ちょっと意外かも。どんな子だったの」

「えっと。家事と料理が得意で、育つのが好きだった子です」

　正直に話そうとしたあまり、答えたあとに自分にしか分からない説明をしていることに気付く。育つのが好きと言われても意味が通じないだろう。

「え……家事と料理が得意で」

　実際に先輩は困惑していた。意味が通じるように僕は話を続ける。

高校一年生の頃に初めてできた恋人は、とても大らかな性格と体格をしていた。

小学生ならまだしも、高校生になったら容姿などがクラスのカーストを勝手に作る。

だけどその子はそういったクラスのカーストとはなぜか無縁だった。

率先してクラスの掃除係を買って出て、母親直伝という方法で驚くほど効率的に教室をピカピカにした。

のしのしと歩いて朗らかに笑い、皆からマスコットキャラのように慕われていた。

それなのに学年で群を抜いて頭が良かった。

育つという言葉が好きでお手製のお弁当をもりもり食べ、農林水産省に入って日本の食料自給率を上げるのが夢だと語っていた。

かつての恋人の説明をすると、先輩は呆気に取られていた。

「というか、どうしてその子と付き合ったの？」

「僕が細いから、もっと食べた方がいいってオニギリとかくれたんです」

「それで？」

「いいお米なのか、海苔の質がいいのか、そのオニギリがとっても美味しくて」

あまりにも美味しいのでオカズも気になって分けてもらうようになり、いつしかお弁当を自分の分まで作ってもらい、気付いたら好きになっていた。

説明を終えると先輩が手で自分の顔を隠す。何事かと思ったらすごく笑っていた。

「何それ、平和すぎ。そんなことってあるの？」

「はい、ありました。料理だけじゃなくて、日本茶を水筒に入れて持って来てたんですけど、その日本茶もどんな淹れ方をしてるのかすごく美味しいんです。なんていうか、甘いんですよ。あ、もちろん砂糖とかは入ってないんですけど」

しかしその女の子とも、受験勉強が本格化する三年生になる間際に別れてしまった。

別れたのは春のことだ。公園でピクニックをして、オニギリを食べて日本茶を飲んだ。少し遊んで夕方になると「ばいばい」と言って小学生みたいに手を振って別れた。

彼女はのしのしと夕陽に向かって一人で歩いていった。

彼女はいつも明るく笑っていた。

でもその時になって、僕は何一つとして、彼女の本当のことを理解していなかったのかもしれないと思った。彼女も隠していたんじゃないかと。

僕はひょっとすると彼女が見せない弱さや孤独に惹かれていたのかもしれない……。

ただ、そこまでは綿矢先輩に話さなかった。笑い話は笑い話のままに、僕の呑気な過去として終わらせればいい。

僕の話が可笑しかったのか、先輩は柔らかい表情で笑っていた。

それは先輩がこれまで見せてこなかった、僕が見つけられなかった表情に見えた。

それくらい自然だった。

「ちなみに先輩は……中学か高校の時は誰かと付き合ってたんですか？」

だけどその自然で柔らかな表情も、僕が質問するとなくなってしまう。

「少なくとも、中学の時にはそういうことはなかったかな」

「それじゃあ高校の時ですか？」

少しだけ悲しそうに先輩が笑う。

「どうだろね」

「気になります」

「まぁでも、キスくらいはしちゃってるから」

「それは……大恋愛した相手とですか」

「覚えてたんだ」

「当たり前ですよ。ずっと、気になってたので」

先輩が僕を見て再び微笑んだが、何も答えてはくれなかった。「それじゃ、今日はこれくらいで」と言って席を立ち、背中を向けて去っていった。

そこには見慣れた後ろ姿があった。人生を一人で歩き続けてきた人の背中だった。

5

透が家事と料理が得意な男子だと知ったのは、真織と付き合い始めて数日後のことだった。

二人は付き合い始めると放課後の教室に集まって話をしていた。

透のことを見極めるため、私がその日、そこに参加したのだ。

真織の提案で、せっかくなら三人の親睦を深めようということになる。そのまま透の家に遊びに行くことになった。

透は父親と二人で団地で暮らしていた。普通、男の二人暮らしなら片付いていなさそうなものだけど、透の家は驚いてしまうほど綺麗だった。

装うことができる清潔感ではなく、装えない衛生感こそを大切にする。

透はそんなこだわりをもっていた。家事に対してこだわりをもつ高校生という存在を面白可笑しく思いながらも、私は妙に感心してしまう。

「話してみるまで分からなかったけど、神谷って結構変わってるよね」

「綿矢にだけは言われたくないけどな」

不思議なことにお互い、相手に対して嫌味なく軽口が叩けた。それは趣味が一致していたという気安さが関係していたのかもしれない。

透の家を訪れる前にも教室で話し、同じ純文学雑誌を買っていることが分かった。それだけじゃない。当時はまだ知る人の少ない西川景子がお互いに好きでもあった。その透は家事が得意なだけじゃなくて、料理全般もうまかった。

「はい、粗茶ですが」

「いや神谷、緑茶じゃないんだから」

スーパーで売っている紅茶を信じられないくらい上手にいれた。レディグレイという紅茶で、その時に出された影響で私も好きになってしまう。

三人でお茶をして色んなことを話し、夕方になると透が近くの駅まで私たちを送ってくれた。ついでに買い物をするということで透はエコバッグを手にしていた。

ベテランの主婦みたいな謎の貫録があり、透はエコバッグが妙に似合う高校生だった。あまりにもその姿が面白くて私と真織は笑った。真織は写真も撮っていた。

家事と料理全般が得意で、エコバッグが似合う男。そのどれもが嘘や演技ではなく、神谷透という人物を形作っているものだった。

翌日の放課後は私が二人を自分の家に招待した。母親と二人で暮らすマンションだ。父親はいない。私が中学生のある時期から別居している。

私が透を真似てキッチンで紅茶をいれている間、透と真織はリビングで話していた。

二人は寄り添って二人にしか聞こえない会話をしていた。

当時、私は親友の真織が透に取られてしまったようで、かすかに嫉妬していた。

その感情が示す通り、あくまで透は真織の恋人だった。それ以上でも以下でもない。

恋愛感情なんてどこを探してもなかった。

私と同じでどこか冷めていて、純文学が好きな家事と料理が得意な変なやつ。

そんな透に対し、恋愛感情をもつようになったのはもっとあとのことだ。

憧れとも取れる感情を、ほんの少しだけ真織に抱くようになったのも、もっとあとのこと。

透相手に……キスをしてしまったのも。

6

そろそろデートに誘いたい。綿矢先輩と付き合い始めて二週間が経とうとしていた。

その間にしたことといえばメッセージのやり取りといつも通りの挨拶、そこからの会話と、講義後の図書館で何度か話した程度だ。

充分といえば充分なんだろう。これ以上望むべくもないのかもしれない。

だけど僕は綿矢先輩と遊びに出かけてみたかった。そこで見たものや感じたことについて話し合いたい。色んな景色を先輩と見てみたい。

　思えば、付き合いたいとはそういう感情を指すのかもしれない。

　この人と色んなことを経験してみたいと。

「あの、デートしませんか？」

　だから思い切ってその日、綿矢先輩を見つけてそう言ってみた。先輩は今日は事務棟近くの目立たないベンチに座っていた。

「え、デート？」

　挨拶も抜きにいきなり提案したので先輩はわずかに困惑していた。

「は、はい」

「誰と？」

「先輩と」

「誰が？」

「僕が」

「何を？」

「デートです」

「誰と？」

「先輩と」

「誰が？」

「僕が」

それから三巡くらい同じやり取りをした。いくら僕でも途中でからかわれているんだと気付いたものの、先に音を上げたのは先輩の方だった。

「愚直だね、君は。ま、いいけどさ」

先輩がそう言って微笑み、恥ずかしくなって僕も笑う。

「あの、それで来週の土日のどっちか、どうです？」

それでも予定を取り付けるために尋ねると、先輩が申し訳なさそうな表情になる。

「ごめん。土日は毎週用事があるんだ。だから……ちょっと無理かな」

心がざわめいてしまった。その用事とはなんだろう。僕との付き合いを恋愛ごっこに留めていることと関係があるのだろうか。

「そう、なんですか……。えっと、どんな用事か聞いても」

「高校時代の親友がいて、その子と会ってるんだよね。今は予備校に通ってるから、土日に勉強を教えたりもしてて……。まぁ本当は毎週ってわけじゃないけど、できる限りあけておきたくてさ」

綿矢先輩の高校時代の親友。その返答を聞いて安堵する。

地元が同じ先輩からも聞いたことがあった。綿矢先輩はその親友さんを大切にしていて、今でもよく遊んでいるという。

　というか、綿矢先輩の親友さんってどんな人なんだろう。予備校生ということは分かったけど純粋に興味が湧いた。つい質問を重ねてしまう。

「ちなみにどんな人なんですか？　先輩の親友さんって」

「どんな人？　ん～～。めちゃくちゃ可愛いよ。髪が長くて女の子らしくてさ。それなのに全然気取ってないんだ。裏表もないし性格もいい。……私とは違って、誰からも愛されるっていうかさ」

　先輩が少しだけ寂しそうな表情を見せる。本当は違うのかもしれないけど、少なくとも僕にはそう見えた。

「綿矢先輩だって素敵ですよ」

　だからだろうか。そんな顔をしてほしくなくて僕はとっさに言っていた。

「皆、先輩のことを特別に見てますし、できるならもっと話したいって思ってるはずです。だけどその、先輩が綺麗だから……。な、なので先輩だって誰からも愛される人だと思います。えっと、それで……」

　その段階になって自分がかなり恥ずかしいことを口走っているのに気付く。

　先輩も驚いていた。それが次の瞬間には柔らかい表情を見せる。

「気遣ってくれなくて大丈夫だよ」

「いえ、事実ですから」

「人間はフィルターを通して世界を見てるからね。君の場合はフィルターが純粋なのかな。ちょっと盲目すぎるかもしれないけど」

確かに恋は盲目というけれど、それで目を曇らせているわけじゃないと思う。

大学の人たちが綿矢先輩を特別に見ているのは事実だったから。

容姿のことだけじゃなくて性格も含めてだ。先輩の同級生は特にそうだと思う。

一見して綿矢先輩は自由気ままに振舞っているように見せるけど、実は相手のことをいつも考えている人だった。

多分、本当は誰よりも繊細なんだ。だからこそ他人の心の機微が分かり、人と一緒にいる時はその場を楽しくしようとして、無理にでも笑っているんだと思う。

数日前、綿矢先輩と二人で話しているところに先輩の同級生が声をかけてきたことがあった。その時も綿矢先輩は楽しそうに会話し、相手のことを笑わせていた。

『先輩は誰とでも仲良くなれる人なんですね』

その人が去ったあと、僕がそう言うと先輩は自分を卑下するように笑った。

『私は人が怖いから、嫌われないように表面上だけでも仲良くしてるんだよ』

答えた直後、綿矢先輩が眉を上げて表情を変える。言うべきではなかったことを、つい漏らしてしまったというふうに見えた。『なんてね』などと言ってごまかしていた。

先輩の本音に触れ、人が誰でも持つ弱さにも触れ、僕は先輩に対して親近感を抱くようになった。ますます好きになっていた。

ただ、その想いを素直にこの場で伝えたら、先輩は条件違反で僕との付き合いをやめてしまうかもしれない。考えた末に僕は言った。

「これでも恋人なので、フィルターとか関係なく、先輩のいいところをちゃんと見てるんですよ」

恋心は口にできなくても、先輩への敬意なら口にできたから。

「いつも先輩のこと、もっと知りたいって思ってますし……。だからその、デートにも行ってみたくて……。あ、いや、勿論、親友さんの予定を優先でいいんですけど」

再び驚いたように先輩が僕を見ていた。しばらくすると苦笑するような顔つきになる。

「まったく君は」と言っていた。

その先輩が空に視線を転じ、何かに迷っている仕草を見せる。仕方ないとでもいった調子で笑うとベンチから立ち上がった。

「土日は無理だけど、今日の夕方からならいいよ」

「え？　それって……」

「デートしよっか。ちょうど見たい映画があったんだよね」

どんな願いにしろ、まずは願わないと叶わない。そんな当たり前のことを僕は知る。

幸運にもその日の夕方から綿矢先輩とデートをすることになった。

お互いの一日の講義が終わったあと、図書館前で合流して地下鉄の駅へと向かう。

緊張していたせいか、電車に揺られて目的の駅に着くまではあっという間だった。

都心のターミナル駅前には立派な高層ビルがあり、その上層階に映画館が入っていた。下層階の一部は吹き抜けで、大理石の床には上品なショップが立ち並んでいる。

「なんだか、本当にデートみたいですね」

エレベーターで映画館に向かう途中、その光景を見ながら呟くと先輩が笑った。

「いや、デートでしょ」

見る映画は決まっていた。以前に話していた西川景子さんの小説が映画化したものだ。

先輩が席を予約してくれていたおかげで、すんなり座ることができた。

平日の夕方にもかかわらず、シアター内にはたくさんの人がいる。過去に女性と付き合ったことはあったけど、こういうデートらしいデートはしたことがない。

「というか、奢ってもらっちゃってよかったんですか？」

上映を待つ間、肩が触れ合うほどの距離にいる先輩に向けて思わず僕は尋ねた。

「私が誘ったことだし気にしないで。バイトもしてるしね」

「バイト。先輩はどこでアルバイトしてるんです？」

「……母親が本の表紙とかのデザイン関係の仕事しててさ。書類仕事なんかを手伝ってるの。高校生の頃からだから結構貯えもあるよ。ま、学生程度のことだけど」

本の表紙などのデザイン関係。つまりは母親がデザイナーさんということだろうか。先輩が家族について話すのはその時が初めてだった。いずれにせよ……。

「次のデートでは僕が奢りますから」

僕がそう言うと、先輩がじっと見つめてくる。鼻から息を抜くようにして笑うと「うん、分かった」と答えた。

しばらくして上映が始まる。本編が始まる前に小説の内容を頭の中でおさらいしようとしていたら、あとがきのことをふと思い出した。

原作のあとがきに、この小説を執筆する前に辛いことがあったと書かれていた。しかし具体的なことは記載されておらず、気になって調べてみたがインタビューなどでもそのことは語っていないようだった。

家族に不幸があったのではないかと噂されていたものの、確かなことは分からない。あとがきについて思いを巡らせている間に本編が始まる。

当時の作者の心を反映しているのか、話は美しくも悲しいものだった。人との別離の寂しさや苦しさ、それすらも飲み込んでいく日常の力強さと儚さが描かれていた。

映画が後半に差し掛かった頃、僕はあることに気付く。

隣を見ると先輩の目がスクリーンの光を反射して光っていた。水の膜が瞳に張られ、そこに映った光がゆらゆらと生き物みたいにたゆたっている。

先輩が泣いていた。

僕は驚きながらも、先輩の映画鑑賞の邪魔にならないよう視線を前に戻す。

ハンカチを差し出そうか迷ってポケットを意識したが、アイロンもかけていないと様にならないことを思い知らされた。今度から必ずアイロンをかけようと心に決める。

しかし……当たり前かもしれないが、先輩だって泣くことがあるんだ。

その事実に僕は感じ入っていた。それは大学では知ることができなかったことだ。

ただ、映画はまだクライマックスというわけではない。先輩は何に感動を覚えたのだろう。あるいは、何に悲しみを……。

映画を見終わる頃には、ビルの窓から夜の空が見える時間帯になっていた。地下一階にお洒落(しゃれ)なカフェがあるという話で、先輩に誘われてお店に向かう。

少しでも長く先輩といられるのは嬉しいことでもあった。

カフェの席で向かい合って腰かけ、夕飯を食べながら映画の感想を言い合う。先輩は小説だけじゃなく映画も好きなようで、熱心に演出や物語の展開について話していた。

泣いてましたよね、先輩。

本当ならその話題に触れたかった。どのシーンに感動したのか、あるいは悲しみを覚えたのか、尋ねたかった。

だけどそれは失礼に当たるかもしれない。泣いている姿なんて人に気付かれたくないものだろう。涙を流す理由は様々で、ごく個人的なことだ。

そういったことを考えていると先輩が言う。

「映画広告の写真も綺麗だったよね。人というよりも風景が主役みたいでさ」

「確かに。あえて被写界深度(ひしゃかいしんど)を……」

反射的に知ったふうなことを口にしそうになり、慌てて浅知恵を引っ込める。

先輩は驚きながらも、どこか興味深そうに僕を見ていた。

「ひょっとして写真とか好きなの？」

「あ、いや。格好つけて、なんとなく聞いたことがある単語を口にしただけです。写真は撮るのも撮られるのも苦手なんで」

そんな話題に紛れたこともあり涙の理由は聞かずに終わる。

その代わり、僕は笑顔を作って先輩に言った。

「それよりも約束、忘れないでくださいね。次のデートは僕が奢りますから」

「約束って言っても、まだどこで何をするかも決めてないけどね」

「じゃあ、どうぶつ……いや、ゆうえん……ん～～。水族館とかどうです？」

「途中変更多かったね」

「動物園って思ってる以上に動物のにおいしますし、遊園地も少し遠いですから。水族館なら平日でも大丈夫かなと思って」

ここからそう遠くない距離に水族館がある。

大学の友人が話していたことになるが、今の時期はナイト・アクアリウムという催しが行われていて、夜遅くまで水族館が開いているとのことだ。雰囲気もあって人気のデートスポットになっているらしい。

僕の提案に先輩は考え込んでいた。

「水族館……か」

「嫌いでした？」

「嫌いっていうか」

僕は恥ずかしくも先輩としてみたいことがあった。

色々と考えたけど水族館はぴったりかもしれない。先輩が嫌じゃなければ、僕は先輩と手を繋いでみたかった。できるなら恋人みたいに。

「恋愛ごっこで構わないので、その、もし宜しければ、水族館でデートしてください」

ただ、あまり図々しいのも考えものだった。思わず声が小さくなる。

そんな僕を気遣ってだろうか。先輩がまた、仕方ないとでも言うように笑う。

「……分かった。じゃあ次はそうしよっか」

「え？　いいんですか？」

「いいよ。だって私たち、一応恋人だしね」

次の約束が取り付けられたことに僕は嬉しくなる。大げさに喜ぶ僕を見て、先輩は口元を和らげていた。

それからも先輩と話をする。サブスクで見た映画のことや、気になっている小説、共通の知り合いである僕と地元が同じ先輩の話などを。

楽しい時間ほど過ぎるのが早いもので、あっという間に夜の九時になっていた。

カフェを出て先輩を駅の改札まで送る。

「それじゃね」

「はい。お気を付けて」

改札の前でそうやって挨拶し、僕は先輩を見送った。姿が見えなくなるまでその場で佇む。何気ないことではあったが、そこにはむず痒く甘酸っぱい喜びがあった。

自分が使う地下鉄の駅へと向かい、ホームで電車を待つ間にメッセージを送る。

《今日はありがとうございました。楽しかったです。次の水族館も楽しみにしてます》

すぐに綿矢先輩から既読はついた。

今日は先輩も楽しんでくれただろうか。《私も楽しかったよ》と《次も楽しみにしてる》と、そう応じてくれるだろうか。

数分が経過し電車がやって来る。乗り込む段階になっても返信はなかった。

やがて電車が大学付近の駅に到着し僕は地上に出る。すぐにスマホを確認した。

だけど……なぜだろう。先輩から返事がくることはなかった。

7

透と真織が初めてデートをした場所は、桜並木で有名な公園だった。二人が付き合い始めて迎えた二度目の土曜日で、季節は初夏だ。

私は真織に相談は受けていたが初デートには参加しなかった。

ただ、そのデートを境にして明確に変わったことがある。

透が真織の記憶障害を知ってしまったのだ。そして知ったうえで、自分が記憶障害を知っていることは日記に残さないよう真織に頼んだ。

明日以降の真織の精神に、少しでも負担をかけたくなかったからだという。

当時、私はそのことを知らなかった。私は知らないことに囲まれてばかりだ。

しかし、あとから思い返してみるとよく分かる。そのデートの翌週から、透の真織への態度がはっきり変わったからだ。

透は私と同じでどこか冷めたやつのはずだった。

そんなやつが放課後、学校の駐輪場に放置されていた自転車を真織のために直した。

真織を喜ばせようとして、真織がしたいことを透が叶え始める。ひと気のない田んぼ道で自転車の荷台に真織を乗せ、二人乗りをしてペダルを全力で漕いでいた。

透は無理や無茶とは無縁の人間のはずだった。

小説を読み、家を綺麗に保ち、紅茶をいれて静かにしている。高校卒業後には公務員になるという現実的な人生を生きている。

その透が真織を喜ばせるため、真織が綴る日記が楽しい記憶で溢れるよう無茶をしていた。真織のために生きていた。

透のそばで真織は笑っていた。いや、真織だけじゃない。透も笑っていた。

二人はそれから徐々に恋人としての道を歩み始めた。

二回目のデートらしいデートの場所は休日の水族館だった。これには私も参加した。私は透の変化に気付き、真織の秘密を知ったのではないかと考えていた。

でもどんな偶然か、その日、私は透の秘密をも知ることになった。

デート当日の集合場所は、都心のターミナル駅の前にある時計台だった。駅に直結したビルには大きな本屋が入っていて、私は集合前にそこを訪れる。

西川景子　芥河賞候補作　発売記念サイン会

驚くことに、当時初めて芥河賞候補になった西川景子のサイン会が行われていた。

本屋を出て集合場所へと向かう。しばらくして、わずかに様子がおかしい透が現れた。真織はまだ来ていなかった。

透も西川景子のファンということもあり、サイン会のことを伝えた。すると……。

「西川景子って、僕の姉さんなんだ」

そこで私は透に六歳違いのお姉さんがいたことを知る。

それが、西川景子だったことを知る。

透の母親の死後、母親に代わってお姉さんは幼い透の面倒をみていたらしい。妻の死でショックを受けて現実逃避するようになった父親に代わり、一切の家事をしていた。

お姉さんにはしかし、小説を書く才能があった。有名な文学賞の最終選考に十代で残るほどの。だけど透と父親のため、小説家になる夢を諦めていた。

そんなお姉さんに小説家の道を歩ませたのが透だった。

父親のことを含め家庭のことは全て自分がやるからと、高校生になるまでに家事や料理などを教わり、お姉さんを自由にした。

その結果、お姉さんは独り立ちをして自分の道を歩み、芥河賞候補作家にまでなる。

「そっか……。まぁ、色々あるよね。分かった。私たちは気にせず話してきなよ」

透はデート前に偶然書店を訪れたことで、お姉さんと再会したということだった。

サイン会の最中で話せなかったこともあり、終了後に話す約束をしたという。

「真織には私の方から上手く言っておくから、気にしないでいいよ。お弁当も遠慮なく頂くね。というか、神谷のお姉さんが西川景子だってこと、真織に伝えても大丈夫？」

「それは、大丈夫。誰かに言いふらすような人じゃないし。何より、僕の恋人だからね」

「恋人……ね。最初はお互い冗談とか、そういうので付き合ったのかと思ったけど、なんか神谷、最近ちゃんとしてるよね。うん、ちゃんとしてる。真織を喜ばせようとしてる。私には、ちょっと気を遣い過ぎにも見えるんだけどさ」

透は水族館デートのためにお弁当を三人分も用意してくれていた。それを受け取ったあと、私は探るような言葉を投げかける。

真織の記憶障害を知っているんじゃないかと考えてのことだった。

雑踏の中で私たちは見つめ合う。

「日野には、言っちゃだめだよ」

そう言ってから、透は真剣な表情と口調で続けた。

「僕、本気で日野のことが好きなんだ。何を当たり前にって、そう思われるかもしれないけど。本気で、好きなんだ。だから自分が出来ることなら、どんなことでもしてあげたい。いや、あげたいって言葉は傲慢だね。したい。彼女が喜ぶことなら、どんなことでもしたい。そう思ってるんだ」

透の目は知り合ったばかりの頃とは違った。真織に向けた真摯な想いが宿っていた。

そのことを痛切に感じ取りながらも私は透に尋ねる。

「どうして、そのことを真織に伝えちゃだめなの」

「決まってるだろ。恥ずかしいからだよ」

「そんな柄じゃないでしょ。ねぇ神谷。あんた、ひょっとして……知ってるんでしょ、真織のこと」

私は真意をくみ取ろうとして透の目をまっすぐに覗き込む。

その瞳は静かで揺るぎがなかった。

「うん、知ってる」

「どうして知ってるの？　真織が話した……わけ、ないよね」

「いや、日野が教えてくれたんだ。だけど僕はそのことを、手帳や日記に書かないでくれって頼んだ。今日の日野は……僕が記憶障害を知ってることを、知らない」

私がその発言に驚いていると透が控えめに微笑む。

「僕が知ってることも言っちゃだめだからね」

透はお姉さんと話すべくその場を離れ、約束の時間になると真織がやって来る。

私は透とお姉さんのことを説明し、真織と二人で水族館へと向かった。透を待ちながらも水族館の中を二人で回る。

その頃にはもう、真織が透に取られてしまうかもしれないという、幼い嫉妬を覚えなくなっていた。

私はすぐに内側と外側を区別する。透はそれまで外側にいた。仲良くなっても警戒は完全に解けていなかった。それがその日、変わった。

記憶障害を知ったうえで真織を楽しませようとしている透のことを、見直していた。いつの間にか透のことを内側に入れていた。

次第に三人でいることに、三人で遊ぶことに私は喜びを覚えるようになっていく。別の週には三人で遊園地に向かった。夏休みに入ると三人で芥河賞の受賞発表の生中継をネットを通じて見守った。西川景子の受賞を知った時には三人で喜んだ。

私たちは三人だった。そこには力強い、満ち足りた幸福があった。

しかし三人であることに喜びを覚えていたのは、実は私だけだったのかもしれない。透と真織はいつしか、どんどん二人になっていった。こんな言い方はおかしいかもしれないけど、私にとってはそうだった。三人である意味が薄れていった。

真織には透がいればよくて、透には真織がいればいい。

それはそうだ。二人は恋人なのだから。

夏休みの最終日、二人が花火大会に行くと言った時には参加するのを遠慮した。

いつか三人でお祭りに行くかもしれないと考えて浴衣も用意していた。本当はちょっとだけ楽しみにしていた。

でも私は必要ないのだ。恋愛で結ばれている二人の邪魔をするだけだ。

私は単なる友人Aで、親友で……。少しだけ、自分でも当時気付かないくらいにほんの少しだけ、透を好きになりかけている恋愛経験のない女だ。

花火大会の夜、私は自宅のマンションに一人でいた。窓からは隣町で行われている花火大会の花火が、小さくだけど見えた。

意味もないのに浴衣に着替え、打ち上げられる花火を私は一人で見つめる。

二人はきっと、あの花火を間近に見ているんだろう。手を繋ぎ、恋人として一緒にいるんだろう。

そんなことを考えながら夏の終わりを感じていた。

それが私の十七歳だった。

8

何か、悪いことをしてしまっただろうか。それとも僕の勘違いなのか。

綿矢先輩からメッセージの返事がなかったことを情けなくも僕は気にしていた。

僕が一人で浮かれているだけで、先輩は僕とのことを迷惑に思っているのかもしれない。そう考えるとなんだか怖くなる。

ただ、考えすぎという可能性もあった。先輩と大学で会えばいつもと同じように話をすることができたからだ。

しかし初めてのデート以降、会話の最中に先輩はぼうっとすることがあった。何かを考え込んでいるようにも見えた。今日もそうだ。

「先輩、大丈夫ですか？」

「え？　あ、うん。ごめん」

声をかけると先輩は笑顔を作る。文字通り作っているという感じの笑顔だった。

「ひょっとして眠れてないんですか？　以前に図書館で寝てたこともありましたよね。疲れてるんじゃ――」

「あぁ、あれは前日の夜に遅くまで書き物をしてて、睡眠が足りてなかっただけで」

「書き物って、レポートとかですか？」

「ううん。個人的なものっていうか、ちょっと期限があるもので……。とにかく今はちゃんと寝てるし気にしないで。単に少し、考えごとがあってさ」

それは自分とのことだろうかと心配になり、体を硬直させてしまう。尋ねようとしたが踏み込む勇気がなかった。

「あの、何か僕で力になれることがあったら遠慮なく言ってくださいね」

その代わり、気付くと別のことを口にしていた。

先輩が無言で僕を見つめる。なぜか悲しげに笑った。

「大丈夫だよ。君は本当、あれだよね。やさし……」

先輩が何かを言いかけて言葉をやめる。意味を問うように見つめていると「ううん、なんでもない」と応じた。

僕は結局、メッセージの件も含めて考えすぎないことにした。綿矢先輩がそれを望んでいないように思えたからだ。なら勝手に心配しても仕方ない。

だけど本当ならもっときちんと、そのことを考えるべきだったのかもしれない。


綿矢先輩と約束通り水族館へ足を運んだのは、約束してから二週間後のことだった。

以前と同じように講義後に合流し、地下鉄で水族館の最寄り駅へと向かう。

ナイト・アクアリウムの催しは午後五時から開始ということだった。

外では寂しいオレンジ色が空に渦巻いていたが、入館すると幻想的にライトアップされた空間が僕らを迎えてくれる。完全に大人向けの装いになっていた。

「へぇ、なかなか雰囲気いいね」

先輩と二人、館内を歩く。思った以上に雰囲気が良くて僕は変に緊張してしまう。

周りは恋人同士ばかりだった。仲が良さそうに手を繋いで、水槽を覗いている人たちもいる。

僕は今日、先輩と手を繋ぐことができないかと考えていた。実際に先輩の白く繊細な指に視線がいくこともあったけど、いざとなると手を伸ばすことが躊躇われた。

「どうしたの？　黙っちゃって」

「あ、いや……き、緊張してるだけです」

そう答えながらもまた、反射的に先輩の手を見てしまう。それには先輩も気付いていたと思うけど、特に何かを言ってくることはなかった。

「せっかくだし楽しもうよ。ほら、行こ」

間接照明で照らされた通路を先輩は慣れたように進む。前に来たことあるんですかと尋ねると「一度だけね」と答えた。「高校生の時にさ」と。

高校生の時。それは、かつての恋人さんとだろうか。

かすかに胸を痛めながらも色とりどりの魚が泳ぐ姿を二人で鑑賞する。しばらくすると先輩が、ある水槽の前で立ち止まった。

泳ぐというよりも、一匹の大きな魚が水中を優雅に飛んでいた。

「エイですね」

「どこをどう切ってもエイだね」

「……エイって食べられるんですかね」

「成瀬くん、水族館でなかなか勇気ある発言をするね。係員の人が驚くかもよ」

先輩にからかわれて慌ててしまう。確かに不謹慎だったかもしれない。

慌てる僕を見て先輩は笑ってくれた。そのことで嬉しくなるも、先輩の笑顔は長くは続かなかった。再び視線を水槽に戻し、ぽつりとこぼす。

「この子は変わらず、今もいるんだな」

まただ……。先輩が一瞬だけ現在から姿を消した。何かを儚んでいた。

高校生の時にこの水族館に来たことがあるという話だけど、その間に何かが変わってしまったということなんだろうか。

先輩が無言となって次の水槽に移る。僕はその後ろ姿を何も言わずにただ見つめた。

やがて陽も落ちて暗くなり、屋外でのイルカのナイトショーの時間がやってきた。

思った以上に観客がいた。館内と同じように落ち着いた色の間接照明が使用され、青空の下で見るイルカショーとは趣がまったく異なる。

そんな雰囲気がある中でショーが始まった。たくさんの恋人たちにまざり、イルカが飛び跳ねる姿を綿矢先輩と眺める。

目の前にいた男女がそっと手を繋いだ。その光景に僕の手がピクリと動いてしまう。

図々しくないだろうか。不快に思われないだろうか。緊張しながらも、思い切って綿矢先輩の手を摑んだ。

何かで読んだことがあった。恋とは死ぬような切なさで、相手の手を摑みたいと願う気持ちだと。そして、恋愛の最大の幸福はそこにあると。

隣にいた先輩が僕を見る。微笑んできた。

あ……と。そう思った時には手が離される。

その間に先輩は視線をショーに戻していた。

反省と後悔が瞬時に襲う。すみませんと言って謝ろうとしたけど、すぐには言い出せなかった。ショーが終わったあと急いで謝る。先輩はゆるく笑って首を左右に振った。

「そろそろ帰ろうか」

促されてショーの会場をあとにする。申し訳なくて、自分の無神経さや図々しさが情けなくて無言になってしまう。

水族館を出ると時刻は夜の七時半を過ぎていた。

「あ、あの……。もうこんな時間ですし、よかったら夕飯でも食べていきませんか？」

正直、断られるかと思った。それだけのことを僕はしてしまっていた。

しかし先輩は「いいよ」と答えてくれた。ごく普通に、自然に。

スマホのナビを頼りにして、歩いてお店へと向かう。

窓が大きくて開放感のあるイタリアンレストランが近くにあった。夕飯はそこで食べたらいいんじゃないかと事前に考えていて、幸いなことに席はまだあった。

向かい合って席に着き、慣れないながらも料理を注文する。

今日のことであらためて分かった。僕は情けないくらいに未熟だ。経験が足りなくて余裕もない。特に綿矢先輩の前だとすぐに自分を見失う。

自分を反省しながらも実感する。そうやって余裕がなくなるくらい、僕はこの人のことが好きなんだ。綿矢泉さんという目の前の女性のことが。

僕がじっと見つめていると先輩がそれに気付く。

「どうしたの？」

「いや、その……。綺麗だなと思って」

「え？」

「あ、や、景色とか。それで、あの……。夜景も綺麗な場所ですね、ここ。はは」

ぎこちなく僕が笑うと「何それ」と綿矢先輩は面白可笑しそうに微笑んでくれた。

その会話がきっかけとなり先輩と再び普通に話せるようになった。先輩にからかわれ、僕は慌てる。また、先輩が笑う。運ばれてきた料理をそれぞれ食べる。

僕はずっとドキドキしていた。こうやって緊張と喜びの合間にいることこそが、恋愛の醍醐味（だいごみ）なのかもしれないと考えていた。

たとえ恋愛ごっこだとしても、先輩ともっと時間を積み重ねていきたい。

真似は偽物ではあるかもしれないけど、何かが始まるきっかけになり得るから。

真似を繰り返すことで、本当になることもあるかもしれないから。

だから……。

「ごめん、付き合うのやめようか」

先輩から突然そう言われた時、僕はその意味をよく理解することができなかった。

笑い話をして悪くない雰囲気のあと、先輩は控えめに微笑んでそう言った。

幸福で刻まれていた僕の心音が、突如として冷たく激しいものへと変わる。

今、先輩はなんと言ったんだ。

聞き間違いかもしれない。言葉の捉え違いかもしれない。付き合うには色んな意味がある。遊びに付き合うとか、買い物に付き合うとか。

緊張していた僕が、言葉を変な意味で切り抜いてしまった可能性もある。

「えっと。い、今なんて……」

「私たち、付き合うのやめよう。恋人を……やめよう」

だけどそれは間違いではなかった。言葉の意味通り恋人関係の解消だった。

途端に世界が重たくなる。

気にならなかったレストランの音が耳に突如として入ってきた。ナイフやフォークのこすれる音、恋人たちの楽しい会話、ホールで働くスタッフさんの声。

僕の世界はそれまで綿矢先輩でいっぱいで、そんなことは気にならなかった。

その世界が今、なくなった。

「どうして、ですか？　今日、僕が失礼なことをしたから……」

なんとか質問を口にすると綿矢先輩が首を横に振る。

「ううん。違う。ここ最近、ずっと考えてたことだから」

「何を考えてたんです？」

「君は私のことを、本気で好きでいてくれてるよね」

今、どうしようもない選択肢がここに生まれている気がした。

はいと応じれば、それは条件に反してしまう。

いいえと応じても、それは明らかに嘘だった。

だって僕はこんなにも先輩のことが好きだから。

どうすればいいんだろう。どうすれば、元に戻せる？　先輩と恋人同士でいられる？

先輩の質問には応じず、僕はうつむきがちになってしまう。

しかし、何かを口にする必要があることは分かっていた。そうでなければこのまま終わってしまうから。

「先輩は、どうして僕と……付き合ってくれたんですか？」

それなのに、出てきたのはそんな弱々しい言葉だった。終わることを否応(いやおう)なく、受け入れざるを得ないような。

「ごめん。本当は自分でも分からなかったんだ」

思わず僕は顔を上げる。先輩が、表情に切なく悲しい色を滲ませた。

「忘れられないことがあって……だけど、忘れなくちゃいけないことは分かってて。恋愛ごっこをすればそれが全部、解決するかもしれないと思ったのかもね。お互いには深く入りこまず、表面的な、ただ楽しいだけの恋愛をすれば」

ただ楽しいだけの恋愛。それが先輩の求めているもので、僕が差し出していたものは違ったということなんだろうか。

いずれにせよ……。

「じゃあ、今からでもしましょうよ。単に、楽しいだけの恋愛を。僕が気を付ければいいだけのことですよね？　先輩に踏み込まないようにして、それで」

僕は必死になっていた。必死になる理由があったからだ。

けれど届かなかった。

「やめよう。最初からだめだったんだよ。こうなることは、どこかで分かってた」

「え……」

「それに一番初めに言ったでしょ？　私、優しい男は嫌いなの」

優しさは、何も持たない自分が最低限持たなければならない、何かだった。

でもそれは先輩の前では不要だったようだ。むしろ邪魔だったようだ。

「優しい人間が、どうして嫌いなんですか？」

愕然としながらも、いつかのように僕は先輩に尋ねる。先輩は迷うことなく答えた。

「優しい人間って、いい人間じゃん。そういうやってさ……早く死んじゃうから」

それが先輩の本心なのか、僕を諦めさせようとして言った言葉なのかは分からない。

分かっているのは、今の自分ではどうやっても先輩と付き合えないという、事実だった。

僕が無言になっていると先輩が立ち上がる。

「今まで付き合ってくれてありがとう。振り回してごめん。でも、楽しかったね」

先輩がテーブルにあった伝票を手にした。

僕が何かを言う前に「今日まで付き合ってくれたお礼。それじゃ」と言って笑顔を見せ、僕にどんな付け込む隙も与えずにその場を去っていった。

あとにはただ僕だけが残された。

会計が終わり、先輩が扉を開いてお店を出ていく。僕は椅子に座ったまま、何かが終わっていく音を聞いていた。

窓を見ると外は暗く、そのため明るい店内を窓ガラスが映していた。

そこには僕が映っていた。先輩の本当のことを何一つ知らない僕が映っていた。

しばらくして夏休みになり、その夏もあっという間に終わる。
その間、先輩とは一度も話すことができなかった。

知らない彼女の、知れない彼女

1

八月十二日（日曜）

自宅での朝：変わりなし。絵画教室の宿題など。
お昼から：三時に泉ちゃんとカフェに集合してお茶。
自宅での夜：変わりなし。絵画教室の宿題の続き。

泉ちゃんとのこと：駅前のカフェに三時に集合してお茶をした（当日のお店とメニューは「飲食店」の項目を参照）。

大学一年生の泉ちゃんは夏休み中。しかしその夏休みが随分と長いらしく、暇を持て余しそうだと言っていた。大学生には大学生の悩みがあるみたいだ。私なんて毎日が夏休みだよと冗談を言ったら「真織は小学生の夢を体現してる」と笑っていた。

私の現状についても話す。記憶障害はまだ治りそうにないこと。それでも絵を描くのは楽しく、絵画教室で描いている絵を見せたら泉ちゃんは褒めてくれた。

泉ちゃんにやりたいことを尋ねられる。考えた末、明後日(あさって)は泉ちゃんと一緒にカラオケに行くことになった。だけどその日の私がやりたくなければ、当日変更も構わないとのことだ。相変わらず泉ちゃんは優しい。

せっかくの夏だから、恋もしたいと冗談で話す。泉ちゃんが男前の顔となり「それじゃあお嬢さん、私と恋でもしましょうか」と言ってきた。

二人でのいつもの楽しい会話。恋バナもする。大学でモテるんじゃないかと尋ねたら、まったくそんなことはないと答えてきた。でもそれは多分、嘘。

過去の私たちも気にしていたことなので、好きな異性のタイプを聞いてみる。「教えてもいいけど日記に残さないでよ」と言われた。それから泉ちゃんは少し考えると「家事ができないやつ」と答えた。

理由を尋ねると「家事ができるやつだと、大雑把な自分と相性が合わなさそうだから」と笑っていた。

今回新しく分かったことは「手帳」の泉ちゃんの項目にこっそり記載した。ここにも念のために書いておく。

泉ちゃんの好きなタイプ：家事ができない人

一年前の日記をノートPCで読み返しながら私はふと顔を上げた。

窓の外では入道雲が浮かび、痛いほどに眩しい光が自分の部屋へと差し込んでいる。

今年の春に記憶障害から快復し、そして今、快復してから初となる夏がきていた。

昨日は寝る前にアイスを食べた。イチゴ味のアイスでとっても美味しかった。

当たり前のように私は昨日のことを覚えていられた。日野真織という私だけの人生を積み重ねていくことができている。でも、今年の春まではそうじゃなかった。

手元にあるノートPCには、高校二年生の五月から卒業するまでの日々に加え、卒業してからの約一年分の日々が日記などにして残されている。

登場人物は主に二人だ。私と親友の泉ちゃん。新しく誰かが加わることもないが、反対に減ることもない、私と泉ちゃん二人の日々がそこにはある。

毎日の私が打ち込んできたもので、今読んでいたものは高校を卒業してからの日記となる。その時期の私はのんびりと毎日を過ごし、趣味の一環で絵画教室に通っていた。

予備校にも大学にも通っていないのには理由がある。

私は高校二年生のゴールデンウィーク中に事故に遭い、それから約三年間にわたって記憶障害を負っていた。

前向性健忘という名前の特殊な記憶障害で、簡単にいえば事故以降の記憶を積み重ねることができなくなってしまうものだ。

だけど有難いことに、そんな状況でも私には泉ちゃんがそばにいてくれた。

泉ちゃんの支えと学校の協力もあり、高校に通い続けて卒業することができた。

そして障害から復帰した今では予備校生となり、かつての同級生に比べて二年遅れで大学進学を目指している。

日記を読み返しているとスマホが着信を知らせた。表示は泉ちゃんとなっている。

「やっほ～真織。元気してる？」

着信に応じると大好きな親友の声が耳に届く。それだけで笑顔になってしまう。

しかし私はそこではっとなった。息を呑んで深刻な気配をまとう。

大切な何かが私には足りない。決定的に欠けていた。どうしてだろう。どうして。

「……泉ちゃん。聞いてほしいことがあるの。どうしてなんだか分からなくて、それで、すごく困ってて」

「え、真織？」

息を吐き、しっかりと吸う。それから……。

「私、私……夏休みなのに、彼氏がいないの！」

と、そんな冗談を披露した。今まで一度も彼氏がいたことがない私の、夏も絡めた渾身の冗談だった。

電話の向こうでは泉ちゃんが無言となり、数秒後にはふき出す。

「今日は新しい角度で攻めてきたね」

「いやー、毎回〝三日前の夕飯のメニューが思い出せない〟とかだと飽きちゃうかと思ってさ。今日は趣向を凝らしてみたのです」

意図的に高めていた緊張感を一度に抜いて笑う。

それは泉ちゃん相手だからこそできる恒例の会話だった。泉ちゃんから朝に電話がかかってくる時、私はかつての自分が患っていた前向性健忘をフリにした冗談を言う。

少し不謹慎かもしれないけど、そうやって私は過去の障害を笑い話にすることができるようになっていた。

残念ながら、記憶障害の最中の記憶が私に戻ってくることはない。何かを時々思い出しそうになることはあるものの目覚めることなく私の中で眠っている。

それでも悲しむ必要はないはずだった。大切なことは全部、ノートPCの中に書かれているはずだから。全てそこにデータとして保存されているはずだから。

何よりも私には親友の泉ちゃんがいてくれるから。

「というかごめんね泉ちゃん、いつも変な会話に付き合わせちゃって」

「気にしないでよ。私も真織の冗談が聞きたくて電話してるところあるからさ」

「冗談でもあり悲痛の叫びでもあります」

「え〜〜。真織、誰かと付き合いたいなんて思ってないくせに」

「まぁ確かに。なんでか分からないけど不思議だよね」

今日はその電話相手の泉ちゃんと、お昼からデートをする予定になっていた。

短いながらも予備校の夏休み期間なので、ランチをしたあとに服屋さんや雑貨屋さん、本屋さんなどを見て息抜きをする計画だ。

「ちなみに真織、今日はどんなコーデの予定なの」

「泉ちゃんがタキシードだから、それに合わせてウェディングドレスにしようかなと」

「踏んづけて転ばないようにね」

高校生の頃からそうだ。私たちの会話には冗談が絶えない。コーデが被らないように相談し、そのあとに電話を切った。

約束の時間に間に合うよう準備を終えると家族に挨拶して家を出る。

私が通う予備校の近くにいい感じのイタリアンレストランがあった。前を通りかかる度に気になっていたそのお店を予約し、今日はそこに現地集合の予定だ。

駅へと向かう途中、頭上の空を仰いだ。入道雲が浮かぶ空はどこまでも青く、日差しは光となって降り注いでいる。

空の青さに視線を預けていると、楽しそうな声が前方から聞こえてきた。

思わず目を向ける。高校生くらいだろうか。自転車に二人乗りをした男の子と女の子が弾んだ声を上げながら、私の横を通り過ぎていく。

瞬間、過去が何かを私に見せる。何かを私に聞かせる。

『いいぞぉお！　いけいけぇ～～！』

あれ……なんだろう……？

いつかの私が自転車の荷台に腰かけ、そんなことを言っていた気がする。

高校の制服を着た、自転車を漕いでいる男性の背中も一瞬だけ見えた気がした。

誰だろうと考え込みそうになるも心当たりがなかった。

多分、泉ちゃんの背中の間違いだろう。高校時代の日記に泉ちゃんと自転車で二人乗りをしているものがあった。

何かを思い出しそうになりながらも、私は駅を目指して再び歩き始めた。

お店には予定の時刻通りに到着する。店員さんに予約の名前を伝えると、既に泉ちゃんは来ているということだった。席を教えてもらいそちらに向かう。

「あれ？　ウェディングドレスじゃないの？」

椅子に腰かけていた泉ちゃんが私を見つけて微笑む。メッセージは毎日のようにやり取りしているが、私が夏期講習で忙しくしていたこともあって会うのは二週間ぶりだ。

「受験生だし、転ぶと縁起が悪いからさ」

「なんだ。衣装直しでタキシードを用意してたのに」

「残念、披露宴はお預けだね」

笑みを交わしながら席に腰かける。しばらくすると店員さんがランチメニューを渡してくれた。緊張しつつもお得なコースを選ぶ。

ちょっとだけ背伸び気分な私とは対照的に泉ちゃんは落ち着いていた。

「大学二年生ともなれば、イタリアンもなんともない感じですか？」

「そんなことないってば。大学の知り合いと行くのは居酒屋ばっかりだしね」

「へぇ。じゃあお洒落なお店にはあんまり行かないんだ」

「私がそういうお店でデートするのは真織とだけだよ」

泉ちゃんがそう言ってウインクし、私は楽しくなって笑ってしまう。

話に花を咲かせていると前菜などが運ばれてきた。写真を撮ったりしながらキャアキャアと楽しくランチをする。

やがて話題は私の勉強の進み具合になり、志望している大学のこと、泉ちゃんが通う大学のことへと移っていった。

「泉ちゃんは今も大学で恋人は作らないの？」

私が尋ねると泉ちゃんが軽く眉を上げる。苦笑しながら答えた。

「真織と違って私はモテないからさ。恋愛経験もないし」

「またまたぁ。それに私だって誰とも付き合ったことないし、恋愛経験ないよ」

「……真織は告白されても、いつも断っちゃうからね」

「泉ちゃんだってそうでしょ？　高校一年の時、二年の人から告白されてたじゃん」

「あ〜〜。あったあった。懐かしい」

「私にとっては割とまだ最近のことだからね。しっかり覚えてるよ」

泉ちゃんは自分のことを冷たい人間だとか、何を考えているのか分からない人間だとか言って卑下する。

だけど私は泉ちゃんが誰よりも温かく、人間味に溢れていることを知っている。

その証拠に前向性健忘を患っていた頃、泉ちゃんは私が日々を楽しく生きられるよう気遣ってくれていた。私がしたいことを叶え、楽しませてくれていた。

それによって過去の私たちは救われていた。泉ちゃんに心から感謝していた。

しかし、そんな泉ちゃんは恋愛に興味がないらしく恋人をずっと作らない。大学でも告白されることがあると思うけど、そういうことを含めて自分のことを話さない。

「泉ちゃんってさ、どんな人が好きなの？」

それでも私は興味があり、今日もつい質問してしまう。

「出た、その質問」

「出たってまだ三回目くらいでしょ？」

「……まぁ、そうなんだけどさ」

実はそれは私の嘘だ。今年の春に記憶障害が治ってから尋ねるのは三度目となるが、それより前に質問したことを知っていた。高校卒業後の日記に登場していたからだ。

泉ちゃんからは日記に書かないよう言われていたみたいだけど、過去の私はどうしても気になったようで残していた。

・優しい人は嫌い
・家事ができる人は相性的にだめ
・料理がうまい人も却下
・気が利く人も苦手
・家族思いの人とはそりが合わない
・真面目じゃない人がいい

日記などに残っていた情報をまとめると、泉ちゃんのタイプはこんな感じになる。

私の想像力が乏しいせいもあるけど、これだとダメ人間さんしか当てはまらなくなってしまう気がする。あるいは家族や周りを顧みない、仕事人間みたいな人が好きということなんだろうか。

しかし今日尋ねると、泉ちゃんはこれまでとは違った種類の答えを口にした。

「年下じゃない方がいいかな」

これまで年齢のことは口にしていなかったので驚いてしまう。

「それは……。えっと、どうして？」

「ん？　いや、どうしてだろうね。イメージかな」

「イメージ？」

「うん。なんか……年下の男の子って、尽くしてきそうじゃん。純真で、まっすぐだったりしてさ。私にはそういうの合わないっていうか、勿体（もったい）ないっていうか……」

「ひょっとして大学で何かあった？」

「ないない。あるわけないって」

泉ちゃんは笑ってごまかしていたけど私には分かった。

多分、大学で年下の男の子と何かあったのだ。

それでも自分から話さないということは、話したくないことなんだろう。

「ちなみに真織はどうなの？予備校でさ」

「え、私？　ん～～。皆からすると二浪してるみたいなものだからね。年も少し離れてるし、な～んにも」

「まったく。この間いきなり告白されたって話してたのに、よく言うよ」

それからもイタリアンでの食事を堪能（たんのう）しながら、泉ちゃんとの楽しい時間を過ごす。

ランチのあとは街で買い物をした。泉ちゃんはボーイッシュなものが好きで、私は反対にちょっとだけ女の子っぽいものが好きだ。

服屋さんではお互いが好きなコーデを相手に試着させ、それを写真に撮ったりして笑い合う。泉ちゃんが似合うと言ってくれたパンツスタイルにも挑戦して購入した。

雑貨屋さんも見て回る。二人で一緒にいると時間はすぐに過ぎてしまう。

いったん休憩しようとお茶をする前に、本屋さんにも立ち寄った。私は参考書を見たかったし、泉ちゃんも買いたい本があるということだった。

「まだ並んでる。すごい人気だね」

訪れた本屋さんでは、泉ちゃんが好きな西川景子さんの小説が店頭に並んでいた。

「映画の評判もいいし、まだ上映してるからね。夏休み中はずっとあるんじゃない？」

泉ちゃんはそう言って微笑むと、売り出し中の本に視線を向ける。著者の写真も合わせて飾られていた。美しい人だからだろうか、私は不思議と見入ってしまう。

「どうしたの、真織？」

「ん？　いや、ないとは思うけど……私って以前この人と会ったことないよね？」

「……あるんじゃないかな？」

「え？　嘘」

「雑誌とかテレビでさ」

泉ちゃんがそこでニッと笑い、彼女の冗談に引っかかったことを知る。

本屋さんでは分かれて買い物をし、合流したあとは近場のカフェへと向かった。

飲み物を片手にそこでも楽しく話をする。私は本屋さんでは予定通りに参考書を購入し、泉ちゃんは小説を何冊か買ったということだった。

その時、ふとあることを思い出す。

「そういえば泉ちゃん、小説書いてるって言ってたよね。そっちはどうなの？」

私が尋ねると、泉ちゃんがわずかに目を見開いた。

「え？　覚えてたの？」

「普通に覚えてるって。障害から治ったあとのことだし」

「いや、まぁそうなんだけど。普通に覚えてたのに驚いたっていうかさ」

泉ちゃんがそのことを私に話したのは、今年のゴールデンウィーク中のことだった。

自宅に遊びに来た泉ちゃんが、私が気晴らしで描いた絵を見てポツリと言ったのだ。

『私も真織みたいに創作系の趣味を見つけようと思ってさ……。最近、小説を書き始めたんだよね』

中学生の頃、私は美術部に所属して毎日のように絵を描いていた。しかし高校では勉強が忙しくて部活にも所属せず、絵を描く習慣はなくなった。

そんな私が再び絵を描くようになったきっかけは、記憶障害によるものだ。

前向性健忘で何も積み重ねることができないと思っていたけど、実は積み重ねることができるものがあった。それが「手続き記憶」と呼ばれる記憶だった。

手続き記憶は体が覚えた記憶で、たとえば記憶喪失になった人でも自転車の運転が行えるように体に根付いているものだ。

記憶障害の最中、そのことを知った私は日記ですごく喜んでいた。発見してくれた泉ちゃんに深く感謝しながら毎日のように絵を描き、そこに進歩を覚えて満足していた。

障害が治って予備校に通い始めてからも、気晴らしを兼ねて時々描いていた。絵の練習に使うクロッキー帳も増えていく。

そのうちの一冊を見た泉ちゃんが『最近、小説を書き始めた』と言って私は驚いた。

『博識な泉ちゃんにピッタリだね』

私が言葉を返すと泉ちゃんが謙遜する。

『そんなことはないと思うけど……。西川景子さんがさ、雑誌で新設された賞の選考委員の一人になったんだよね。小説以外にも写真や絵も公募してるやつで、それで……』

泉ちゃんが小説の話を出したのはその時だけだった。可能なら会話を発展させたかったものの、照れているのか泉ちゃんは話を打ち切ってしまった。

だけど私は今もそのことをはっきり覚えていた。

できるだけ自然な流れで、どんな小説を泉ちゃんが書いているのか尋ねる。

「いや、別に大したものじゃないよ。まだ小説って呼べるほどのものでもないし。印象とか思考の整理代わりっていうかさ」

「整理代わり……じゃあひょっとして、主人公は泉ちゃんなの？」

「ううん。私じゃない。……むかつくほどに優しいやつ」

性別を尋ねると男の子が主人公ということだった。自分と同じ性別だと変なところでリアルすぎたり、ねちねちしちゃいそうだからということだ。

泉ちゃんはあまりその話題を広げたくなさそうだった。でもつい気になって、これが最後と決めて尋ねる。

「その男の子は、最後はどうなるの？」

泉ちゃんが無言で私を見つめる。やがて、瞳の奥でそっと悲しむように答えた。

「突然、いなくなるの」

私と泉ちゃんの付き合いは高校時代からのものだ。積み重ねてきた年数は多いとはいえないかもしれない。心からの親友と呼ぶのはおこがましいかもしれない。

それでも私は泉ちゃんのことを生涯の親友だと思っていた。彼女ほどに気が合い、一緒にいて楽しく、尊敬できて頼れる人はいない。

しかし私の記憶が継続しなくなった三年の隔たりの中で、私の知らない部分が泉ちゃんに生まれていることに気付いてしまう。

泉ちゃんはたまに悲しい顔をする。

それは家族のことが原因なのか、大学のことなのか、もっと別のことが原因なのかは分からない。もっとも、私の気のせいという可能性だってあるけど……。

「さ、真織。そんなことよりケーキ食べようよ。歩き回って少しお腹すいちゃった」

私がつい考え込みそうになっていると、泉ちゃんが明るくそう言う。

彼女に視線を向け、笑顔を作って私は頷いた。

「ねぇ泉ちゃん」

「ん、どうしたの真織？」

「私たち、ずっと親友だよね」

「え～？　なに突然。そんなの決まってるじゃん」

「ということで……親友のよしみで泉ちゃんのケーキ、一口頂戴」

「なんだ、それが魂胆だったのか。じゃあ私も真織のやつ一口頂戴」

泉ちゃんと楽しくカフェでの時間を過ごし、夕方になると別れた。

家に帰ると泉ちゃんからメッセージがきていることに気付く。

内容を確認して微笑んでしまった。今日一緒に遊んだことへの感謝の言葉のほか、カフェで撮った二人での自撮り写真が送られていた。

楽しそうに笑う二人の姿がそこには映っていた。

2

泉ちゃんはいつも私に喜びだけを与えてくれる。私の前で楽しそうに笑い、自分の悩みや心配事をけっして明かさないし、見せない。

でも、見せないからといってそれがないわけじゃないんだ。当たり前のことだけど人には人の数だけ物語があり、そこにまつわる喜びや葛藤がある。

皆、それぞれ心の中に抱えているものがある。

そんなことにあらためて気付いたのは、数日後の予備校の夏休み最終日だった。

泉ちゃんの大学で後輩の男の子と出会ったのだ。

その日の前日の夜、電話で泉ちゃんと話していたら二人で盛り上がってしまい、どうせなら明日会おうかという話になった。

しかしその途中で泉ちゃんが何かに気付く。尋ねると『ごめん。夏休み中だけど、明日は大学に行く用事があったんだよね』と申し訳なさそうに答えた。

そこでふと思いつく。以前から泉ちゃんの通う大学には興味があった。せっかくの機会なので泉ちゃんに相談し、迷惑でなければ私が大学まで遊びに行くことにした。

当日は午前中に家を出て、地下鉄に乗って泉ちゃんが通う大学へと足を運ぶ。

「ごめんね真織、わざわざ来てもらって」

「ぜ～んぜん。大学のこと知りたかったし、ちょうど良かったよ」

泉ちゃんとは大学の門の前で合流し、手続きをして中に入る。

高校とは比べ物にならないくらいに敷地が広く、建物もガラス張りで格好良かった。

夏休みなので人は少ないかと思ったが、ちらほらと人の姿が目に入る。

お昼時ということもあり、泉ちゃん曰く「小綺麗な方」の学食に誘われた。もっと狭くて地味なものを考えていたけど想像以上に開放的で驚いてしまう。

「大学って思った以上に広いし、面白そうだね。なんだかここに住めちゃいそう」

「それ、大学の七不思議の一つになりそうなやつだから、やめておきなよ」

「夜な夜な徘徊する女の霊とか？」

「そうそう。シャワーをくれぇ、シャンプーとリンスをくれぇ、ってね」

泉ちゃんは担当教授に提出するものがあるらしく、図書館で合流する約束をして、昼食をとったあとの午後からは自由行動となった。

泉ちゃんの用事が終わるまで大学内を散策する。午前中から気になっていた大学訪問者も利用できるという立派な図書館にも足を向けた。

数年前に改築されたばかりということで中は近代的な装いになっていた。雑誌の品ぞろえも良く、海外のファッションを紹介する雑誌まである。

「あ、あの……」

その雑誌コーナーから移動しようとした時のことだ。

背後から声をかけられ、振り返ると男性が立っていた。身長はそこそこ高いものの、細くて優しそうな感じがする男の子だ。多分、年下だと思う。

なんだろう。ちゃんと受付はしているけど、もしかして不審者に思われてしまっただろうか。疑問に思って見つめていると男の子が言葉を続けた。

「綿矢先輩のお友達……ですか？」

「綿矢先輩って……。あ、はい、そうですけど。え？　どうしてですか？」

「あ、いや。さっき学食で見かけて。あの、僕、家が近くて、夏休み中も毎日、利用してて。それで……」

声をかけてきた彼は焦ってか、不必要なことまで弁明しようとしていた。

綿矢先輩と呼んでいたし、泉ちゃんの後輩で間違いないだろう。しかし、話に聞いたことはなかった。それもそのはずだ。泉ちゃんは自分のことをあまり話さない。

「泉ちゃんの後輩さん？」

確認を込めて私が尋ねると、目の前の彼は急に嬉しそうな表情となる。

「そ、そうです！　ひょっとして、話とか聞いたことあるんですか？」

「え……ごめんなさい。それはない、かな」

「あ、そうでしたか」

直前まで嬉しそうだったのに、途端に彼は悲しそうな表情を見せた。こういう言い方はよくないかもしれないけど、喜怒哀楽がはっきりしていて見飽きない。

ただ、立ち話で周りの人に迷惑をかけてもいけないので場所を移すことにした。

館内には休憩スペースが幾つかあるとのことで、人が特にいないという三階のそこまで一緒に移動する。

「あの……実は僕、綿矢先輩と夏休み前まで付き合ってまして」

そこで彼から信じられない話を聞いた。恋愛に興味がないと言っていた泉ちゃんが、目の前の彼と一時期付き合っていたという。

驚きすぎてしばらく声が出てこなかった。

「え……泉ちゃんと？」

「はい。とはいっても、お遊びのようなものだったんでしょうけど」

一瞬、何かの冗談かと疑いかけたが、わざわざ私をつかまえて冗談や嘘を言う意味もないはずだ。何よりも目の前の彼は、そういったことを言う人物には見えなかった。

つまり、本当に泉ちゃんと彼は付き合っていたということなんだろう。

「私、全然知らなかった」

「……綿矢先輩からすると付き合っているというほどのことでもなくて、話さなかったのかもしれませんね」

「そう……かな。確かに泉ちゃん、昔から自分のことはあまり話さないけど」

その時になって、お互い自己紹介もしていなかったことに気付く。

簡単に名前などを教え合った。彼は泉ちゃんと同じ学部の後輩で成瀬くんといい、飲み会で初めて泉ちゃんと話したという。

私は予備校の友達にしているように記憶障害の過去は伏せ、泉ちゃんの高校時代からの友人だと話した。

そのことを知ると成瀬くんは「高校時代の……」と少ししんみりとした口調になる。

「じゃあ、綿矢先輩が高校時代にどんな人と付き合ってたか、ご存じなんですね？　今でも先輩、その人のことが忘れられないみたいなんですけど」

私の目は知らないうちに見開かれていたと思う。それこそ、まったく思いもよらないことだったからだ。

泉ちゃんが高校時代に誰かと付き合っていた？

軽く混乱してしまう。それは本当のことなんだろうか。少なくとも私が知る高校二年生のゴールデンウィークまでの間、泉ちゃんが誰かと付き合っている様子はなかった。

上級生から告白されても全て断っている。

そして私が記憶障害となってからは、毎日のようにそばにいてくれた。誰かと付き合う時間も暇もなかったはずだ。日記にもそんなことは書いてなかった。

「ごめん。私それ、知らない」

「え？」

「それ、本当のことなの？　その……どうやっても心当たりがないんだけど」

私の言葉に、今度は成瀬くんが驚いていた。

二人で困惑して向き合っているとマナーモードにしていた私のスマホが振動する。

泉ちゃんからメッセージが送られていた。

《待たせちゃってごめんね。もう終わりそうだから図書館に行くよ。どこにいる？》

思わず目の前の成瀬くんを見つめる。

泉ちゃんには泉ちゃんの世界があり、触れてほしくないことや秘密だってきっとある。できるだけそっとしておきたかったけど、ひょっとすると高校時代のことも……。目の前の彼のこともそうかもしれない。高校時代のことは私の過去に関係している可能性もあった。記憶障害の間に起こったことは全てノートPCの中に残っていると思っていたけど、なんらかの事情で残さなかったこともあるのかもしれない。

「ごめん、もう少しで泉ちゃんが図書館に来るんだけど……二人でいるところ、成瀬くん的にはあまり見られたくないよね？」

泉ちゃんと一緒にいた時に話しかけてこなかったことから、なんとなく察していた。

泉ちゃんが来ると知ってか、成瀬くんがわずかに慌てたようになる。

「あっ、はい……すみません。そうですね」

「今日は無理でも、また時間、取れるかな？　高校時代の泉ちゃんに恋人がいたかもしれないって話、できたら聞きたいんだけど」

成瀬くんは私の提案に驚きながらも「勿論です」と言って頷いてくれた。

その場でメッセージアプリのＩＤを交換する。既に泉ちゃんが図書館に来ているかもしれず、簡単な挨拶をして彼とは別れた。

《ごめん。館内でスマホを使っていいのか分からなくて返信遅れちゃった》

《気にしないでよ。初めての場所だとそういうの困るよね》

《今は図書館三階のお手洗いにいるよ。図書館の外で待ってればいい？》

《外は暑いし、一階の入り口近くにある雑誌コーナーのソファに座ってて。すぐに行くから。あと一応、撮影しなければスマホも大丈夫なはずだから安心して》

言われた通り一階の雑誌コーナーに移動する。しばらくして泉ちゃんが現れた。

「ごめんね真織、待たせちゃって」

「待ってないから心配しないで。大学を散策してたらすぐだったし」

「ならよかった。ちょっとは楽しめた？」

「……うん。驚くことばかりだった」

泉ちゃんが「そっか」と言って微笑み、それから近くのカフェへお茶をしに行くことになる。午前中もそうだったけど、泉ちゃんが歩く姿に周りの人が視線を向けていた。

「雰囲気もいいしケーキも美味しいお店だから、きっと真織も気に入るよ」

泉ちゃんは高校時代に比べ、更に綺麗になり大人っぽくなった。母親がデザイナーさんということもあって審美眼も養われているんだろう。私服もセンスがいい。

今から約半年前の春のことだ。

私の記憶障害が治ってすぐに会いに来てくれた時、泉ちゃんは高校時代と同じメイクで、私がよく知る服装をしていた。

あとから思えばそれは、高校二年生のままの私を驚かせないためだったんだろう。時の移り変わりが激しいことを知らせないため、泉ちゃんは気遣ってくれていた。

そして私が自分の時間と認識を進めるにつれ、泉ちゃんも自分の時間を進めた。

私の前でも今と同じメイクと服装になった。

泉ちゃんはそういう優しい人だ。今も昔も変わらず私を支え、気遣ってくれる。

しかし……そんな泉ちゃんについて私には知らないことがあった。

『じゃあ、綿矢先輩が高校時代にどんな人と付き合ってたか、ご存じなんですね？　今でも先輩、その人のことが忘れられないみたいなんですけど』

あれはどういうことだったんだろう。成瀬くんの勘違いなのか、それとも本当のことなのか。

見つめていると、泉ちゃんが私の視線に気付く。

「ん、どうしたの真織？　私のことじっと見つめて」

「え？　あ、いや。泉ちゃんって格好いいなって思ってさ」

「なにそれ急に。さては……また私のケーキを狙ってるな」

そこで私がおどけて「あ、ばれちゃいました？」と答えると「ばればれだよ」と泉ちゃんが笑顔になる。

泉ちゃんは曇りなんて見つからない屈託のない顔で、いつものように笑っていた。

3

約束通り成瀬くんと話せたのは、それから三日後の予備校終わりのことだった。

わざわざ近くまで来てくれるということで予備校付近のファミレスで待ち合わせる。

「すみません日野先輩。お忙しい中、時間を作ってもらって。というか二人で会って大丈夫でした？　恋人さんがいるかもしれないとか、そういうことに気も回ってなくて」

「そんなに気を遣わなくて大丈夫だから。恋人もできたことないし、全然問題ないよ。それに日野先輩じゃなくてもっと気軽に呼んでくれていいからさ」

「分かりました。それでは、日野さんって呼ばせてもらいますね」

「うん。私は成瀬くんって呼ぶね」

　店内で向かい合って腰かけ、初対面に近い会話をしたあと本題を切り出す。

「それで、泉ちゃんの高校時代の恋人のことだけど……私は本当に心当たりがないんだよね。成瀬くんはどこで知ったの？」

「それなんですが……」

　私の質問に応じ、成瀬くんがおずおずといった様子で話し始める。彼が言うところの失言に近い「大恋愛とかしたことなさそうですよね」と尋ねたことや、それに対する泉ちゃんの返答、更には二人がしていたという恋愛ごっこのことも聞いた。

　驚くことは多かったが、その中でも特に気になることがあった。

「その、僕が告白する時も別れることになる時も、綿矢先輩は言ったんです。優しい男は嫌いだって。それで……」

　それは、私が残していた日記などにも書かれていたことだった。

・優しい人は嫌い
・家事ができる人は相性的にだめ
・料理がうまい人も却下

・真面目じゃない人がいい
・家族思いの人とはそりが合わない
・気が利く人も苦手

ほかにもつい先日、泉ちゃんはこうも言っていた。「年下じゃない方がいい」と。

それは、成瀬くんとのことが関係しているんだろうか。

迷ったもののそのことには触れず、泉ちゃんが以前に教えてくれていた好きな異性のタイプについて話す。

成瀬くんは考えたあとにまとめた。

「えっと、じゃあ可能性としては、優しくなくて家事も料理もできなくて、気が利かずに家族のことは考えない、不真面目な人ってことですかね。綿矢先輩が高校の頃に付き合ってたかもしれない人って」

そのことは以前、私も考えた。そういう異性が好きな人だって世の中にはいるだろうけど、どうにも引っかかっていた。

「仮に泉ちゃんに高校時代、恋人がいたとして……。その人のことを今でも忘れられないんだとしたらさ」

「はい」

「高校時代の恋人は、泉ちゃんが言ってたのと逆のタイプってことはない？　今でもその人のことがすごく好きで、だけど忘れたくて……。あえてまったく逆のタイプの人を好きになろうとしてるとか」

私の言葉に成瀬くんがはっとなる。

「それは……あるかもしれません。綿矢先輩、昔の恋人さんのことを思い出してる時なのかな。すごく悲しそうで、辛そうな顔になる時があるので」

成瀬くんにそう言われ、私も考えさせられる部分があった。確かに泉ちゃんは時々、すごく悲しい表情を見せる。

あれは過去の恋人のことを思い出していたんだろうか。

ただ、成瀬くんと話して分かりそうなことはそこまでだった。あとは私が過去の日記を読み込んで何かを発見するか、泉ちゃん本人に聞いてみるか。

高校の同級生に聞いてみる手もあったけど、当時の私は前向性健忘のことを同級生にも秘密にしていた。

今は障害は治ったとはいえ、かつての同級生と触れ合うのは少し怖い。

「あの、すみません。変なことに付き合わせちゃって。僕があの日、呼びとめて尋ねなければ、日野さんだって悩まずに済んだんですよね。軽率でした」

私が考え込んでいたことを察してか成瀬くんが謝ってくる。私は慌てて弁解した。

「気にしないでよ。私だって泉ちゃんのこと知りたいし。それに今は別のことで考え込んでただけだから」

「そうですか。その、僕なんかじゃ力不足かもしれませんが、何か力になれることがあったら遠慮なく言ってください。頼りないなりに、力になれるよう努力しますから」

私より年下である成瀬くんが健気(けなげ)なことを言い、意図的にか微笑んでみせた。

その笑顔だけで分かった。彼が誠実で温かい心を持った人だということが。

「君は優しいんだね」

「そんなことないです。中途半端な優しさです。なんの役にも立たない、ありふれた」

……どうして、だろう。優しい人はいつもそう言っている気がする。自分の優しさを力が及ばないもの、無力なものとして捉えている気がする。

本当なら優しさは何よりも尊いもののはずなのに。自分は何も持っていないと、心から謙遜している気がする。

しかし、それが私の過去、どんな場面で思ったのかは分からなかった。

ひょっとすると記憶障害の時のものだろうか。

いくら過去を補完できるデータが残っていたとしても、その時の印象や思考を完全に共有できるわけではないのかもしれない。

そういったことを考えているとつい深刻な表情になってしまいそうだった。

「色々ありがとね、成瀬くん。私の方で何か分かったら連絡するよ。それで、せっかくだしさ」

再び気を遣わせないよう、それからは成瀬くんと楽しく会話をすることにした。

この機会にと考えて、大学での泉ちゃんのことを尋ねる。

私の調子に合わせてか成瀬くんも明るく応じてくれた。高校時代と同じように泉ちゃんは同級生と気軽に話しているみたいだけど、基本的には一人で行動しているらしい。

そして周囲からは、そんな姿が様になると思われているとのことだ。

なんだか泉ちゃんらしいなと微笑ましくなる。

「綿矢先輩は時々、大学内の誰も人がいないような場所に一人でいるんです。以前は僕、先輩に挨拶するために探してて」

「それも泉ちゃんらしいかな。ちなみに泉ちゃんは一人で何してるの？」

「本を読んだり何かを考えていたり、ノートに書かれた日記みたいなものを読んでいることが多いです」

「え、日記？　泉ちゃん……日記書いてたんだ」

それは、私が知らない泉ちゃんの一面だった。高校時代の恋人の話もそうだけど、親友の私でも知らない泉ちゃんの一面があることに、少しだけ寂しくなる。

「……小説を書いてるのは知ってたんだけどな」

寂しさに気が緩んでか、口にしようと思っていなかった言葉が漏れてしまう。

「え？ 小説、ですか」

「あ、ごめん。言うつもりはなかったんだけど……。その……」

私が言い淀んでいるのを察してか、成瀬くんが優しく微笑みかけてきた。

「大丈夫ですよ。誰にも言いませんし、僕も深くは聞きませんから」

「ありがとう。そう言ってもらえて助かるよ」

私たちは遠慮がちに笑みを交わす。ただその途中、「あぁ」と成瀬くんが何かに納得がいったような反応を見せた。

「どうしたの？」

「いえ。綿矢先輩が以前、夜遅くまで書き物をしていたと、そう言っていたことがあって少し気になってたんですが……。ひょっとして、そのことだったのかなと思って。なんだか懐かしいな。つい夏休み前のことなのに」

成瀬くんがそこで悲しそうに微笑む。泉ちゃんと恋愛ごっこをしていたという話だけど、彼が本当に泉ちゃんが好きなことが伝わってきた。

「元気出してよ、成瀬くん」

「あ……。しんみりしちゃって、すみません。僕は元気なので大丈夫です」

それから成瀬くんは明るい自分を見せるためか、泉ちゃんと付き合っていた時にしたというデートのことを話してくれた。

西川景子さんの小説が原作の映画を、二人で鑑賞しに行ったのだという。

「泉ちゃん、本当に西川景子さんが好きだもんね」

「ですね。写真で見る限り、タイプもちょっと似てますし。クールな感じというか」

「確かに。そういえばその西川景子さんが、雑誌で新設された賞の選考委員になったんだって。泉ちゃんが前にそのことを教えてくれてさ」

「賞ですか。そういうのもあるんですね。……ん？　それって応募期限とかがあるものですよね。なら、ひょっとして」

成瀬くんが何かを言いかけたが「いや、すみません。なんでもないです」とすぐに笑顔を向けてきた。

彼の人となりが伝わってくるような、穏やかで柔らかい笑みだった。

4

そうしている間にも八月の終わりが見えてきた。

息抜きも必要だけど、勉強の習慣を失くすわけにはいかない。私は高校二年生と三年生の分を、一年で取り返す必要がある。

勉強を疎かにはせず、朝、昼、夜とペンを握り続けた。

そんな日常の中でも泉ちゃんとは毎日のようにメッセージを交わす。

時々、成瀬くんにもメッセージを送った。彼は私とファミレスで会った数日後からバイトを始めたということで、それを頑張っているみたいだった。

休憩を兼ねて過去の日記などをあらためて読み返したりもした。しかし高校時代の泉ちゃんに恋人がいたかどうかは、そこからでは推察することができなかった。

お母さんとの雑談時、「そういえばさ」と泉ちゃんと成瀬くんのことを話す。

泉ちゃんは私の両親とも仲が良く、二人は泉ちゃんの人柄をよく知っていて信頼していた。私が記憶障害を負っていた時に助けてくれたと深く感謝もしていた。

お母さんは最初、大学生の泉ちゃんに年下の恋人がいたという話を微笑ましそうに聞いていた。それが高校時代の話になると様子が変わった。

「泉ちゃん本人には聞けてないんだけど、高校の頃、好きな人がいたことは間違いなさそうなんだよね。優しくて家事ができて……家庭的なタイプの人なのかな？　お母さん、何か心当たりない？」

その質問にお母さんが動きをとめる。無言となって私を見たあと視線をそらした。

「お母さん？」

「え、あ。その……。ちょっと私には分からないわ」

返事をしたお母さんは控えめな笑顔を見せる。

これは私の気のせいだろうか。お母さんの表情が少しだけ悲しげに感じられた。

どうしたのかと尋ねると、お母さんはゆっくりと首を横に振る。

「ううん。なんでもない。なんだか私も、年を取っちゃったなって思って」

そう答えたお母さんは「そっか、泉ちゃんが……」と何かに感じ入っていた。


いっそのこと泉ちゃん本人に尋ねてみようかとも思った。だけど成瀬くんの立場を考えると途端にそれが難しくなる。

泉ちゃんって高校の頃、好きな人か恋人っていたの？

え、どうして？

いや、なんとなく気になって。ほら、私のことばっかり構ってくれてたし。

頭と勘の良い泉ちゃんのことだ。そんなことを唐突に尋ねたら、成瀬くんと私が接触したことに気付いてしまうかもしれない。

でも、慎重に運べば質問することはできるかもしれない。たとえば……。

九月に入り、勉強が久々に落ち着いた休日のその日、私は午後から泉ちゃんと待ち合わせて新しいカフェの開拓をした。

高校生に人気のお店で、制服を着た高校生が楽しそうに店内で会話している姿を予備校帰りに何度も見ていた。SNSでも写真が多く上がっている。

休日の今日も、高校生と思われる女の子たちが友達と訪れていた。体育祭や新学期に行われたテストの話、秋の文化祭の話題などで盛り上がっている。

そういった女の子たちの姿を視界に収めながら、ある意味で私は本心から言う。

「ちゃんとした高校時代に戻りたいって……たまに思うよ」

つい先程まで私と冗談を言い合っていた泉ちゃんが驚いた表情になる。

私も軽く動揺した。感情がこもってしまったのか、言葉が予想以上に深刻に響いたからだ。

その深刻さを払拭するように微笑み、さっぱりとした調子で続ける。

「ほら、泉ちゃんのおかげで毎日を楽しく過ごせてたけどさ。障害がなければ、そのことを全部覚えてられたし。なによりその、泉ちゃんに申し訳なくて。な～んて」

「真織……」

「そんなに深刻な話じゃないよ。ただ、私に付き合わせてばっかでさ。そのせいで泉ちゃんは、やりたいことができなかったんじゃないのかなって思って。聞いたことなかったけど、好きな人とかいなかったの？　私のことがなければ、その人とだって……」

泉ちゃんのことを知ろうとしての質問だったが、過去の私はそうやって泉ちゃんの可能性や時間を奪っていたんだと実感し、心から申し訳なくなった。

同時に、あらためて泉ちゃんに感謝した。

「なに？　どうしたの突然、真織」

一瞬、泉ちゃんは表情に真剣なものを滲ませたが私に合わせてか明るく返してきた。

「いや、実は今でも高校時代の日記をノートPCでよく読み返しててさ。そこって私のことばかりだから、泉ちゃんの青春時代が気になったわけですよ」

私は気軽な雰囲気になるよう、笑顔を作っていた。泉ちゃんも眉は下がっているけど、笑ってくれている。口元に笑みを浮かべてくれている。

口元はそのままに、やがて泉ちゃんが考え込むような表情となった。

視線が下がり、じっとテーブルを見つめている。

私の心臓は静かに、それでも強く鼓動していた。泉ちゃんは私に何か話していないことがあるのかもしれない。そして今日、それが明らかになるのかもしれない。

私はそう考えていた。

「いなかったよ。高校時代、特に好きな人は」

だから視線を上げた泉ちゃんが微笑み、私に向けてそう言ったことに驚いていた。

泉ちゃんは真摯な眼差し（まなざ）で私を見ていた。

私は今日、こうやって尋ねることで、泉ちゃんの真意が分かるものだと思っていた。

私が知らない泉ちゃんの高校時代の話が聞けるものだと思っていた。

しかし泉ちゃんの眼差しはどこまでも静かで、澄んでいた。そこにどんな欺瞞も偽りも見つけることはできなかった。

ただ、静かすぎたかもしれない。どこまでも澄み渡りすぎていたかもしれない。

「真織はそうやって、いつも私のことを気遣ってくれるよね。自分に付き合わせて申し訳ないって、高校生の時もよく言ってた」

泉ちゃんが視線をそらし、何かを慈しむようにそっと笑う。

再び私を見ると続けた。だけどね、と前置いて。

「真織のおかげで私は、私にしかできない体験ができたよ」

それは、私という記憶障害の友人を親身になって支えてくれたことだろうか。

泉ちゃんはけっして言わないけど、前向性健忘を患っていた頃に私はきっと彼女にたくさん迷惑をかけた。それなのに泉ちゃんは友達でい続けてくれた。

今も変わらず私と一緒に、時間を過ごしてくれている。

その泉ちゃんが、わずかに迷ったようになりながらも言葉を続けた。

「私の人生ってさ、真織と出会うまで、つまらないものだったんだ。冷めた感じで何かを分かった気になってて、馬鹿とか無茶をしてこなかった。でもね、高校で真織と出会えたからこそ……。こういう言い方はよくないけど、真織がちょっとだけ大変な状況になっちゃったからこそ、私は私の大切なものに出会えた気がする」

泉ちゃんは私の瞳をまっすぐに見ていた。穏やかに微笑みながら彼女は言う。

「ありがとね、真織。私と出会ってくれて」

私は……知らなかった。泉ちゃんがそんなふうに笑えるなんて。

彼女は何かを慈しんでいた。何かを大切にし、心の底から敬っていた。

泉ちゃんの中には光があった。

人には見えない光が。ひょっとしたら泉ちゃんすらも気付いていない、温かで優しい光源みたいなものが彼女の中に生まれていた。

それは私が知る高校時代の彼女にはなかったものだ。

泉ちゃんは、どこでそれを手に入れたのだろう。どこで見つけたのだろう。

いつ、変わったのだろう。

私が静かに打たれていると泉ちゃんが優しく気遣ってくる。

「ごめん、少し、重たかったかな？」

「え？　そんなわけないよ。その……こっちこそありがとう、泉ちゃん」

「ま、そんな具合でさ。私は私で高校時代を楽しんでたわけ。残念ながら好きな人も恋人もできなかったけどね」

そう言って泉ちゃんが笑い話にしてまとめ、高校時代の話はそれっきりになる。

泉ちゃんには高校時代、好きな人はいなかった。恋人もいない。

それが泉ちゃんの決めたことだった。あるいは真実なのかもしれない。

夕方になって泉ちゃんと別れたあと、私は成瀬くんにメッセージを送る。泉ちゃんには高校時代に好きな人も恋人もいなかった。そう本人が答えてくれたと伝えた。

《ご丁寧にありがとうございました。受験勉強でお忙しいのに、付き合わせてしまって本当にすみません》

自宅に戻り、夜になると成瀬くんから返信がくる。その内容をじっと見つめた。

世の中にはたくさんの優しい人がいる。世の中は人の想いで溢れている。

泉ちゃんの恋愛について考えながら、ふと自分のことに思いを巡らせる。

私は……どうだったんだろう。

高校生の頃、誰か好きな人はいなかったんだろうか。

前向性健忘という障害を負っていたから、そんな余裕はなかったのかもしれない。日記にも特に何も書いてなかった。

ただ、記憶障害から復帰したあとも誰にも心を動かされないのはなぜなんだろう。

どんな優しさや男性としての美しさ、頼りがいがあるといった性質を持つ人に対しても、私は心を動かされることがない。

まるで、既に大切な誰かが心の中にいるかのように。

そんな私が自分の部屋で見知らぬ男性の絵を見つけたのは、秋も深まり始めた頃のことだった。

タッチからしてそれは過去の自分が描いたもので間違いなかった。

なぜかそれは隠すように、あるいは宝物を誰かに取られまいとするように、本棚と壁の隙間に置かれていた。小さい頃の私が大切なものを保管する場所にあった。

その見知らぬ誰かの絵を見て、私の心臓は強く鼓動する。

鼓動の強さに戸惑った。何かを訴えかけられているようにも感じた。

そして、その見覚えがあるかどうかもはっきりしない、知らないはずの人を……不思議と、よく見知っている誰かのようにも感じていた。

私がその人の正体を知るのは、それから先のことだ。

神谷透くんのことを知るのは。

記憶障害の最中に出会い、高校時代に恋人となった彼のことを知るのは……。

この世の光の只中で

1

いつしか夏も終わり、秋になる。大学二年生の期間が半分近く終わろうとしていた。

秋風が冷たく、胸の中を吹き抜けるような寒さに感傷が誘われてだろうか。私は大学のベンチに一人で腰かけ、二年生の間にあったこれまでのことを思い起こしていた。

春に成瀬くんと出会い、やがて付き合った。

夏休み前にその彼と別れた。

親友の真織とは変わらぬままに日々を過ごし、笑い合う。

……でもそれだけじゃない。私はまた一つ、嘘を重ねてしまった。

高校時代に好きな人はいなかったのかと真織に問われ、いないと私は答えた。

しかし真織は忘れているだけなんだ。真織は高校時代、私の恋心に……。

『泉ちゃんって、透くんのこと好きだったりする？』

真織から初めてそう問われたのは、高校二年生が終わる間際の春休みのことだった。

その日は真織と透に強く誘われ、二人が初めてデートをした場所でもある、桜並木で有名な公園にお花見に来ていた。

高校二年生の夏休みを終えてから、真織と透は更に変わっていた。

特に変わったのが真織だった。前向性健忘になる前、真織は透と知り合っていない。だからたとえ恋人であっても、毎日の真織にとって透はほとんど未知の他人だ。

それなのに真織は透と会うと、以前よりも早く二人の関係性に馴染んでいるように見えた。透のことを心から信頼しているように見えた。

そんな真織に突然、お花見の帰り道で二人になった時におずおずと尋ねられたのだ。

「泉ちゃんって、透くんのこと好きだったりする？」と。

まったく思いもよらないことだと、そういった態度を作って私は言葉を返す。

「どうしたの真織？　っていうか私が神谷を？」

「ごめんね、突然。私の気のせいかもしれないけど。なんだか……ひょっとしてそうなのかなって思って」

私は苦笑し、手振りさえ交えて答えた。

「いや、ないない。私って男のことを完全に顔でしか見てないからさ。神谷もいいやつだけど……趣味が合うって程度かな。あくまで友達って感じだよ」

そのあっけらかんとした態度と言葉に、真織は安心したようだった。

「そっか。ならよかった」

「というか、本当にいきなりどうしたの？」

「ううん。今日実際に会って、透くんがいい人だって分かったけど、泉ちゃんも私にとってすごく大切な人だからさ。もし泉ちゃんがそうだったら……私が邪魔してないか気になって」

「そんなこと気にする必要ないから。そもそも二人は恋人なんだし、邪魔だとしたら私の方だって」

できるだけ自然な調子となるよう努め、私は真織に言う。

ただ真織に応じてとはいえ、自分が口にした言葉に敏感になっていた。

邪魔だとしたら私の方。

正直に言ってしまうと、私はその頃には透のことを好きになりかけていた。

――あいつが私と同じ趣味をしていたから？

それだけじゃない。

――親友である真織を大切にしてくれていたから？

それもある。しかし、それは決定的ではない。

――透がどこまでも優しい人間だと、知ってしまったから？

……普通、人間は自分という存在から一歩も外に出ることができない。自分以上に他人を大切にするなんて無理だ。常に損得を計り、自分に有利なことばかりするはずだ。

そう思っていた私に、透は私が知らない人間の一面を見せた。どんな見返りも求めることなく、真織を自分以上に大切にしていた。

どれだけ透が真織のことを想い、大切にしても、真織は明日には忘れてしまう。

それなのに透は毎日の真織を楽しませようと頑張っていた。辛いことや悲しいことだってあるはずなのに、弱音を吐くことなく真織を笑顔にしていた。

『神谷はさ、どうしてそんなに頑張れるの？』

お花見に行く少し前のことだ。二人きりになった時、私は透に尋ねたことがあった。

空は優しい黄昏色に満ち、その空を背景にして透が私に顔を向ける。

『日野のことが、好きだから』

なんの気負いもなく、透は穏やかな表情で答えた。

苦しかった。人の笑顔を見て苦しくなることがあるなんて、初めて知った。

なぜだろう。どうして私は苦しいのだろう。

苦しさの理由を考えまいとして、自嘲するような口調で私は質問を重ねた。

『好きだからって他人のためになんでも出来るの？　私、そういうのよく分からなくてさ』

『なんでもしてるわけじゃないよ。自分が出来ることだけだ』

『そうかな？　出来ることだけって言う割には、無理してるようにも見えるけど』

『本当に無理なことは、しないし出来ないよ。でも、少しの無理をしてでも出来ることがあるなら、少しの無理をしてでもしたいことがあるなら、それは幸せなことだと思ってる』

私は無言で透を見つめた。理解ができず、だけど本当は理解したかった。

同時に私はあることに気付きかける。胸が苦しいのも、相手を理解したいと願うのも、それは、私が……。

『今までの僕の人生って、つまらないものだったよ。冷めた感じで何かを分かった気になっててさ、馬鹿や無茶をやってこなかった』

その時に透が口にした一連の言葉は、私の中の空白に焼き付くように残っている。

優しく微笑みながら透は言っていた。

『でも今、純粋に日野との日々が楽しいんだ。少しの無理をしてでも出来ることがあるなら、それをしたいと自然に思える。日野が僕を驚かせて、見直させてくれる。こんな僕でも、少しでもいい人間になりたいと自然に思わせてくれるんだ』

私はある時まで透と真織は似ていないと思っていた。

だけどそれは表面上のことにすぎなかった。私は自分が恥ずかしくなる。人間には目以外にも心があるのに、目だけでしか物を見ることができていなかった。

心で見れば、二人の似ているところがよく分かる。どんな状況でも二人は他人のことを慮(おもんぱか)っていた。他人に心を砕き、心を配れる人間だった。

透とのそんな一幕を思い返しながら、私は真織と二人でお花見の帰り道を進む。

真織の中で何がきっかけとなり、透が好きか尋ねてきたのかは分からない。

でも意図は伝わってきた。記憶障害という状況でも真織は私を気遣い、自分が友人の恋を邪魔していないか気になったのだろう。

しかしはっきりと否定したことで懸念は払拭されたはずだ。私はどんな動揺も見せていない。

やがて春休みも終わり三年生に進級した。前向性健忘を患っている真織は特進クラスから外れたものの、事前に学年主任と相談した通り透と同じクラスになる。

透がいれば私は必要なかった。

朝、真織は自分の状態に戸惑いながらも現状を受け入れ、日記などの内容を確認して学校へと向かう。そこには同じクラスの透がいる。真織の恋人で、実は真織の症状を知っているあいつが。毎日の真織を楽しませようとしている神谷透が。

私は受験勉強に追われることで、真織のそばにいられない寂しさと、芽生えてしまった透への恋心を見ないようにした。

それでも真織とはメッセージのやり取りや電話を毎日のように交わす。学校でも頻繁に顔を合わせた。真織の隣には私に代わり、いつも透がいた。

三人でいれば何気ない会話をする。その最中に透が真織の横顔をじっと見つめていることがあった。恋人を大切に想っている目をしていた。

そんな透に気付く度、私の胸は痛む。自分の恋の行方がどこにもないことを知る。

ただ、私はもっと気を配るべきだった。

そうやって透の横顔を見ていることに気付く人物が、すぐ近くにいたのだから。


「泉ちゃんって……透くんのこと好きだったりする？」

真織に再び尋ねられたのは、ゴールデンウィークが終わった翌日のことだった。

休みの間に真織と透が植物園へと遊びに行こうとしていたのは聞いていた。私も誘われたが、二人の邪魔をしたくなかったので受験勉強を理由に参加しなかった。

ゴールデンウィークが明けたその日の放課後、教室に来た二人からお土産をもらう。

「これ、綿矢が好きかもしれないって日野と選んだんだ。手作りの栞らしくてさ」

正確に言えば、お土産を渡してくれたのは透だった。ラッピングされた上品な栞を鞄から透が取り出し、私に手渡してきた。

プレゼントされるとは思わず驚いてしまった。

「え……？　私に？」

「そうそう。透くんが泉ちゃんが好きかもって言い出したんだよね？」

「いや、言って……。はい、言いました」

「もう、なんで否定しようとするかな？　透くん照れてるの？」

「照れてない。ちなみに日野が美味しいって言ってたから、名物のクッキーもこっそり買ってある。紅茶も水筒に入れて持ってきたし、よかったら三人で今から食べよう」

透は真織に秘密でお土産を買っていて、遊びに行った日の真織だけじゃなく、その日の真織のことも喜ばせていた。

三人で話せるのが久しぶりということもあり、楽しくて話し込んでしまう。

そしてその時になって、私にも女の子の部分があるんだと気付かされてしまった。

男性から何かをプレゼントされるのは……初めてだった。

それはなんでもないものだ。数百円の栞だ。だけどそれを透が選んでくれた。

三人での会話の最中、つい透の横顔を盗み見てしまう。胸を甘く痛ませてしまう。

しばらくして、その透がお手洗いに行くと言って教室を離れた。

それを確認した真織がおずおずといった調子で口を開く。

「……あの、さ」

「ん、どうした真織？　それにしても神谷のやつ、真織にまで秘密にしてるなんて」

「泉ちゃんって……透くんのこと好きだったりする？」

一瞬にして時間がとまったようになる。

本当ならこんな間を挟むのもよくない。肯定しているようなものだからだ。

ただ、ある考えが脳をよぎった。もしここで認めたら、どうなるのだろう。

「うん。そうだよ。私、神谷のことが好きなんだ」

言葉にしてそう伝えたら、どうなってしまうのだろうと。

真織は驚くだろうか。冗談だと思うかもしれない。友達として好きと受け取るかもしれない。しかしそうではなく、私の好きが別のものだと気付いて、そしたら……。

「そっか。泉ちゃん、好きな人ができたんだね」

真織はそう言って悲しく笑うかもしれない。

私はそこでどうする？　二人は恋人なので、私のことは気にする必要はないと弁解するのか？　それで真織は納得するのか？

『泉ちゃんも私にとってすごく大切な人だからさ。もし泉ちゃんがそうだったら……私が邪魔してないか気になって』

以前、真織が言った言葉を思い出した。私の発言は真織を悲しませるだけでなく、もっと悪いことを招いてしまう可能性があった。

それはけっして、私の考えすぎというわけではない。真織はそういう子だから。

透と似ている。自分の幸せよりも友人の幸せを選ぶ。記憶障害を理由に、透にとってもそれがいいに違いないと自分に言い聞かせて、それで……。

真織は私の前で、なんでもないフリをして透との関係を諦めてみせるだろう。

そうなったら透はどうする？　別れたくないと抵抗するのか。

いや、そんなことはしない。真織がそう判断する理由があったのだと考え、その選択をどこまでも尊重するだろう。

そうして……二人は別れてしまう。最悪、本当に別れることになってしまう。

それで私はどうする？　透が一人になって、告白するとでもいうのか？

そこまで考えて私は実感する。

やはり私の恋心は……邪魔だ。真織の幸福を破壊するだけのものだ。

そんなものなら、ない方がいい。消え去った方がいい。

幸いなことにというか、真織は記憶を保つことができない。日記に記されない事柄は残っていかない。

「えぇ？　いや、びっくりしすぎてフリーズしちゃったよ。私が神谷のことを？　ないない、あるわけないって」

私は質問してきた真織に対して懸命に微笑む。

「そう……なの？」

少しだけ探るような視線を向けてくる真織に、私は以前と同じことを言った。

自分は人間の外見しか見ないと。そういうさもしい人間だと。言葉を飾り、どこかで聞いたような話を流用し、どうにか真織を納得させる。

ただ、それで終わりにはしなかった。してはいけなかったからだ。

「悪いんだけど真織、今日私に質問したこと、日記とかには残さないでくれるかな？」

「え？　でも、どうして？　それだとまた聞いちゃうかもしれないし」

戸惑う真織を前に軽やかに微笑んでみせる。冗談まじりのように答えた。

「それでいいよ、その時にはまた同じように答えるから。そのさ、神谷のことが好きか尋ねたって日記に残されると……絶対にないって分かってるけど、私と神谷はあくまで友達だからさ、万が一にも神谷にその日記を読まれたら相当恥ずかしいし、ちょっと気まずい感じになると思うんだよね。だからお願い！　親友の頼みだと思って」

そう言わなければ、真織は私とのやり取りを日記などに残すかもしれない。

お花見の日に続いて二度目だ。明らかに不自然だ。記憶をリセットした真織が客観的に見たら、変に思う可能性もあった。二度も尋ねる理由があったのだと。

「う〜ん、分かったよ。じゃあそうする。泉ちゃんの頼みじゃ断れないしね」

結果として真織は私との約束を守ってくれた。

翌日、真織と顔を合わせた際に「そういえば、昨日頼んだことなんだけど」と確かめると、真織は素できょとんとしていた。演技ではできない反応だった。

「えっと、ごめん泉ちゃん。それってなんだっけ？」

「あ……こっちこそごめん。伝え忘れてたかも。実はちょっと勉強が遅れててさ」

私はそれ以降、もう二度とミスはしないと心に誓った。

三人でいる時は、可能な限り透のことを意識しないようにした。透との会話も不自然にならないよう最低限で済ませる。透の横顔もこっそり見ない。

それで大丈夫だと思っていた。しかし……。

あれは、いつの時代の詩人のものだっただろう。有名な言葉があった。それこそ色んな本や格言辞典、有名な言葉などを掲載するネットサイトに載っているような言葉だ。


恋と咳は隠すことができない。


「勘違いかもしれないんだけど……泉ちゃんって、透くんのこと好きだったりする？」

「透くんのこと……泉ちゃんって好きなのかな？」

「泉ちゃん、透くんみたいな人がひょっとして好きだったりする？」

「……突然、ごめん。泉ちゃん、透くんのこと……」

やり直してもやり直しても、私の想いは真織に勘づかれそうになってしまった。

それは真織が透を取られないよう、私を警戒して尋ねているわけではない。真織は純粋に邪気なく、自分の存在が邪魔をしているのではないかと気遣って尋ねていた。

問題は私の方にあった。私が透を好きなのがいけなかった。

夏休みに入ると私は透との交流を完全に断った。真織とは時々二人で遊ぶことがあっても、透がいる時には顔を出さない。

二年生の夏は三人でなくなることに寂しさを覚えていたのに、三年生の夏では三人でいることを自ら避けるようになっていた。

透も私が受験生ということを理解してか、特に何かを言ってくることはなかった。

夏休みが終わり、その透と廊下で思いがけず顔を合わせる。透の顔を見るのは久しぶりのことだった。胸の奥から切なさと愛しさがこみ上げ、つんと鼻が痛んだ。

「あっ、泉ちゃん」

ただ、隣には真織がいた。当たり前だった。学校では常に二人は一緒なのだから。

「なんだか綿矢、少し痩せたか？」

真織に挨拶を返していると透が尋ねてくる。

「……ちょっと夏バテしてただけ。そんなことより真織とはどう？」

「大丈夫。日野とはうまくやってるよ」

「それは何よりだね。あっ、それじゃ真織。私、日直だしそろそろ行くね～」

笑顔を作ってそう言い、私はその場を離れる。

透との接触を極力減らすこと。それが真織に不自然に映らないよう気を付けること。

夏休みが終わったあとはうまくやれた。

そのまま私の想いは隠し通せるものだと思っていた。

そう考えていたのに秋になると思いもよらないことが起きてしまう。

私の想いが完全に、真織に明らかになってしまったのだ。

2

夏が終わり秋が訪れると、下級生を中心にして文化祭の話題が頻繁に上がり始める。

私たちが通う高校は学校行事にあまり力を入れていない。それでも夏には体育祭が、秋には文化祭が決まりごとのように催されていた。

文化祭は三年生の受験が近いこともあり、一年生と二年生が中心となって行われる。一日限りのうえに一般開放することはない。保健所に届け出が必要となる、食品を加熱して調理するような模擬店の出店もない。

しかし文化祭を楽しみにしている生徒は少なからず存在する。

真織もその一人だった。文化祭前日の夜、真織は電話で話すと明日の自分を少しだけ羨ましがっていた。朝から一日、透と一緒に文化祭を回れるからだ。

それが当日の朝、私が身支度をしていると真織のお母さんから電話がかかってきた。

「朝早くからごめんなさい。真織、ちょっと熱があるみたいで体調を崩してるの。今は記憶のことも受け入れて落ち着いてるけど……今日は一日寝かせようかと思って」

しばらくすると真織本人からもメッセージがくる。

《泉ちゃん？》

《どうした真織？　熱は大丈夫？》

返信した直後に既読はついた。ただそれ以降のメッセージがすぐに送られてこない。

心配して電話をかけようかと思った頃、メッセージがくる。

《よかった。泉ちゃんとメッセージが続いてたから、分かってはいたんだけどさ》

《うん》

《記憶障害になっても私は、毎日をちゃんと過ごせてるんだね。学校に行って、泉ちゃんとも友達のままで》

風邪の影響もあってか真織は弱気になっていた。

朝目覚めたら体調が悪くて、だけど現実はとまらなくて……。自分が事故に遭い、記憶障害になっていることを知る。時間が一年半近くも過ぎていることを知る。

不安に思っても不思議じゃない。私は親友として、そんな真織を元気づけたかった。

《そうだよ。何も変わってないよ。大丈夫だから》

《うん。なんか……安心した》

《真織は毎日、学校に通えてるよ。日記の通り、毎日を楽しそうに生きてる》

《少しだけど読んだ。びっくりしちゃった。私に彼氏くんがいるんだね》

《ほかのクラスにいた神谷ってやつだよ。身長が高くて、細いやつ。分かる？》
《なんとなく覚えがあるかも。印象と違ったけど、彼、優しいんだね》
そのメッセージを眺めながら思わず私は苦笑していた。
透が優しくなければ、おそらく色んなことが成り立っていなかったんだろう。
毎日のように真織も不安だったかもしれない。学校に通い続けることはできなかったかもしれない。私も透を好きになることなく……。
《今日は体調も悪いみたいだし、ゆっくりしなよ。明日がくることは怖くないから。明日はきっと、また楽しい一日になるよ。何も心配しなくていいから》
《そうだね。今日は……ゆっくり休むことにするよ》
《そうしな。神谷には私から連絡しておくしさ。本当に何も心配しなくていいから》
《ありがとう泉ちゃん。泉ちゃんのおかげで、私は大丈夫って信じられたよ》
真織のメッセージに既読をつけ、私はアプリを閉じる。
続いてメールアプリを立ち上げてガラケーの透にメールを送った。真織が風邪で学校に来られないこと。それでも精神は落ち着いていることを伝える。
《分かった。ありがとな、綿矢》
透から送られてきたメールの文面を見つめ、登校の準備をして学校に向かう。
高校生活最後の文化祭が始まった。

朝のホームルームが担任によって簡素に行われ、校内放送で文化祭の開始が告げられる。所属しているクラスは特進クラスということもあって、文化祭が始まっても教室で勉強したり、勉強道具を持って図書室へと移動する人がいた。

私もそのつもりだった。真織がいてもいなくても、図書室でひっそり勉強しているつもりだった。

「綿矢」

それなのに、図書室に向けて移動していると背後から呼びとめられる。

振り返ると透が一人でいた。その透が廊下を進み、目の前まで来る。

「よかったら一緒に文化祭を回らないか？」

私はかなり驚いてしまっていたと思う。

「え、なんで？」

「なんでって、せっかくの文化祭だしさ」

「私は……いいよ。真織もいないし、神谷だって一人の方が気楽でしょ？　私のことを構う必要はないから。それじゃ」

私は前を向いて再び歩き出す。図書室に通じる陽の当たらない廊下は冷えていた。文化祭の喧騒(けんそう)もそこには届かない。どこまでも静かで静かで……。

だからこそ、心臓の鼓動が煩かった。

「僕、綿矢に嫌われるようなことしちゃったかな？」

そんな煩い私に向けて透が尋ねてくる。

歩みをとめて振り返ると、透はどこか困ったように眉を下げて私を見ていた。

心臓の鼓動が落ち着かず、痛みを伴ったざわめきのようなものが胸に広がる。

本当なら透は、真織がいない状況で私と接する必要はない。私たちは一人の時間の使い方に長けている。小説でも読んでのんびり過ごせばいい。

しかし、私の様子が少し変わって見えていたからだろう。透はわざわざ私に接してくれた。私を文化祭に誘い、友達として元気づけようとしてくれていた。

その時だけは私一人を見つめ、きっと考えてくれていた。

うるさく、いたく、つらく、うれしかった。私はしばらく言葉が返せなくなる。

今、ここに真織はいない。私はひょっとすると許されるだろうか。誰にも話さないから、どこにも残さないから。

透と私だけの想い出を作っても、いいだろうか。

そう考えながら無言で透を見つめる。それから……久しぶりに笑いかけた。

「ちょっと、何それ神谷」

陽気な言葉と態度に透が驚いていた。私はふっとこぼすように笑い、透へと近づく。

「ごめんごめん。受験のこともあって、夏から神経質になってたかも。だから別に神谷が何かしたとか、私が神谷のことを嫌いになったとか、そういうわけじゃないからさ」

　こんなふうに透と気楽な心で向き合うのはいつ以来だろう。そういった感想を持ちながらも、嬉しさのあまり早口になってしまわないよう気を付けた。

「あぁ、そっか。そう、だよな。国立大学だろ？　科目も多くて大変そうだもんな」

「神谷は公務員だよね。そっちも結構、科目多いんじゃないの？」

「まぁでも、実は夏に学力試験は終わってるから」

「え？　嘘。公務員ってそうなの？　じゃあ今は余裕ってやつ？」

「まだ全部の試験が終わったわけじゃないけど、今日遊び回れるくらいの余裕はあるかな。綿矢はどうなんだ？」

　透が微笑みかけ、私相手だからこそ悪戯じみたことを言ってくる。懐かしいやり取りに心が震え、私は否応なく自分が喜んでいるのを知る。透に合わせて軽口で応じた。

「私だって、今日遊び回れるくらいの余裕はあるよ。じゃあ、せっかくだし……神谷に楽しませてもらおうかな？」

　私と透は友達で、ただ友達として文化祭を一緒に回る。それが客観的に見た事実だ。事実は強固で変わらない。それでも構わなかった。透がどんな思いであっても気にしない。私は私だけの想い出を作ることに決めた。

　神様だって許してくれるはずだ。それくらいだったら、きっと……。

「それじゃあどこを回ろうか？　綿矢は行きたいところとかあるか？」

「というか、勉強道具持ってるから置いてこさせてよ。回る場所はそれから決めよ」

「あ、悪い。それもそうだな」

「レディを誘ってるんだから、ちゃ〜んとエスコートしてよね」

私は再び軽口を叩き、透とは昇降口で集合することにして自分の教室に戻る。

「レディが廊下を走るなよ」

その最中、知らず小走りとなっていたようで背後の透からそう言われる。

「うるさ〜い」

振り向いて答えた私の声は、足取りと同じように弾んでいた。


髪とメイクを手早く整えて昇降口で集合したあと、透と文化祭を回り始める。

ホームルームで配布された文化祭のパンフレットを透は律儀に持ってきていた。動き出す前に二人でそれを覗き込む。

自然と距離が近づき、だけど私は何も感じていないフリをした。

まずは文化祭気分を味わおうと、手に持って食べ歩きができる綿菓子を買いに行く。

考えることは同じなのか向かった先の中庭では生徒が列を成していた。

五十円と安いこともあり、どちらが奢るかをじゃんけんで決める。私が負けたのにもかかわらず、「誘ったのは僕だしさ」と払う段階で透に奢られた。

嬉しさと恥ずかしさで私は透の脇腹を肘で突く。透は驚いてか変な声を上げていた。

それから透が見たいものがあるということで、綿菓子を手にして運動場へ足を運ぶ。

教師と部活全体の企画でフリーマーケットが開催されていた。

かなり雑然と色んなものが並んでいた。明らかに教師が自宅での処分に困って出しているだろう、小型の古い電化製品もあった。

透が主婦の目となって獲物を漁りに行き、私はその真剣な様子にふき出す。照れたように透が抗議し、二人でわいわいと楽しくやり取りをした。

そこにあるのは男女の恋愛ではなく、気の合う友人同士のふざけ合いだった。気楽な会話に些細な冗談、頬が痛くなってしまうほどに訪れる頻繁な微笑み。

この時のことを思い出して、私は何度も切なくなるだろう。

そんな予感があった。たまたま二人になった時とは違う。おそらく二度は訪れない、透との二人の時間だった。デートじゃないけど、私にとってはデートだった。

だからこそ、一度きりのこととしてこの時間を精一杯楽しもうと思った。

透と笑い合おうと思った。

部活による催しもあり、気になっていた文芸部の出店も見学しに行く。会場となっている部屋では数名の部員がそわそわし、机には部誌が置かれていた。

お姉さんが西川景子だって知ったら、ここの部員は驚くだろうね。

小声で私が言うと、透はくすぐったそうな表情で笑った。

部誌をもらうと次はポップコーンを販売している模擬店へと出向く。輪投げ、お化け屋敷、次々と覗いて遊んだ。透との文化祭を楽しんだ。

「は〜、さすがに笑い疲れたね。神谷、ちょっと休憩しようか」

言葉通り笑い疲れたため、休憩所になっている空き教室で休むことにする。

人がいなくて迷惑にならないこともあり、そこでもつい冗談を言い合ってしまう。

「もう、笑わせないでよ神谷」

「綿矢がどんな話題でも拾ってくるからさ」

「体育のバレーとか私、結構うまかったからね。レシーバーの才能があるのかも」

「レシーバーって、受信機の方じゃなくて？」

「受信機の才能ってどんなのよ？」

会話がとめどなく続いてしまうので、文芸部でもらった部誌を休憩を兼ねてお互い読むことにした。半分ほど読み進めたところであることに思い至る。

「そういえば神谷は小説書かないの？　お姉さんだけじゃなくてお父さんも書いてたんでしょ？」

尋ねると、純粋に驚いた様子で透が部誌から顔を上げた。

「確かにそうだけど。なんでだろう、書こうと思ったことはなかったな」

「そっか。書きたいとは思わないの？」

「今は思わないかな。それよりも……いつか、ほかにやってみたいことがあって」

透は常に家族や真織を第一に考える人間だった。自分よりも他人を優先している。

その透にやりたいことがあると聞いて意外に感じてしまった。

「え、そうなの？　それって……」

「笑わないでくれよ。実は、写真に少し興味があってさ」

どこか躊躇うように、恥ずかしがるように透が答える。

写真。それは初めて聞くことだった。場合によっては真織も知らないかもしれない。

「笑わないって。でも写真かぁ、それこそどうして？」

「そうだな……。写真って小説と同じように、色んな場所に自分を連れて行ってくれるだろ？　家庭の事情もあって、僕は色んなところに行ける人間じゃなかったからさ……。時々、すごく惹かれるんだ。綺麗な写真を見て、その場所にいる自分を想像したり、実際に自分もどこかに行って、そういった写真を撮ってみたいとか思ったりさ」

透の言葉に私はそっと感じ入った。

様々な事情もあって、透は旅行とは無縁の人生を送っていたんだろう。私もある種そうだった。自分が所属している場所以外のことを私たちは知らない。

　そうした中、写真も小説も違う世界へと私たちを連れて行ってくれるものだった。特に写真は現実のものだ。窓のように開き、知らなかった世界を私たちに教えてくれる。

　透が憧れる理由も分かった。その透が再び恥ずかしそうになって言う。

「こんなこと、家族や日野に話すと深刻に響いちゃう可能性もあるからさ……。綿矢以外には言わなかったんだけど」

　透の微笑みと発言を前に、私はしばらく言葉を失う。

　嬉しかった。透が私にだけ秘密を共有してくれた。家族にも恋人にも言えないことを、友達として話してくれた。私は透にとって特別な誰かでいられた。

　しかし、その心の動きを気付かれるわけにはいかず、私は冗談を言う。

「というか、写真なら今からでも始められるじゃん。公務員試験の勉強も少しは落ち着いたんでしょ？　真織と私という絶好の被写体もいるわけだし」

「いや、僕が撮りたいのは景色っていうか」

「景色以上に美しいものが目の前にあるとは思わんかね、君」

　私の言葉に透が笑い、「あ、よくも笑ったな」と私が演技で軽く怒る。それに透が謝ってきた。私たちはそうやってふざけ合って笑みを交わす。

　そうしながらも……あることに考えが及び、胸が痛んだ。

　透もいつか、自由になるお金が手に入ったら自分のカメラを買うんだろう。

そのカメラで真織を撮ることもあるんだろう。

心臓が静かに強く鼓動していた。その前に、いいだろうか。ちゃんとしたカメラで真織を撮る前に。簡単なもので構わない。些細なことでいい。

「せっかくだから、私を撮ってみてよ」

冗談の延長のようにして私が言うと透が軽く眉を上げた。

「え？ いや、素人だぞ僕。それに自分のガラケーにカメラついてないし」

「なら私のスマホを貸してあげるからさ。ね、いいでしょ」

私は写真のアプリを立ち上げ、透にスマホを押し付ける。

本当に迷惑しているようなら無理にとは思わなかった。でも透は苦笑しながらも興味深そうにアプリのカメラ機能を見ていた。

「これ、触ってみてもいいかな？」

「好きに使ってよ。壊れるものじゃないし」

操作方法を教えると透が細長い指でスマホに触れる。

「あの、これってさ」

写真撮影に関する専門的なことも聞いてきた。なぜそんなことを知っているのか尋ねると、実は本で勉強していたのだという。

分かる範囲で質問に答え、透がアプリの調整を始める。

「じゃあ撮るぞ、綿矢」

「綺麗に撮ってよね」

「被写体が綺麗だから、きっと大丈夫だろ」

「はぁ？　あんたはまったく」

冗談だとは分かっていたが私は笑顔になってしまう。

透も笑っていた。掲げていたスマホを透が下ろし、撮り終えた写真を笑顔のままに確認し始める。

その直後、カメラのシャッター音が鳴り響く。

認し始める。透の表情が変わった。何かに驚いたように無言となっていた。

「どうしたの？　まさか目とかつむってた？」

「いや。そうじゃないけど……ビギナーズラックかな。うまく撮れてる気がして」

透からスマホを渡されて画面に視線を移す。私もまた、驚きのあまり無言となってしまった。

画面に表示されている私は……私かと見間違うほどに幸福そうだった。

何を考えているのか分からない人間。冷たい人間。それが私のはずだ。

だけどそこに映る私は違った。

その人と一緒にいられることが嬉しくて仕方ない。

そんなことが伝わってくるような温かい表情をしていた。親友である真織と一緒に映る時の私とも違う。私自身が見たことのない、満たされている顔だった。知らなかった。私は透の前でこんな表情をしていたのか。

震えそうになる心を懸命になだめ、私はいつものように冗談を言う。

「なんか私、顔むくんで見えない？」

透はそれには答えず、静かに笑っていた。

昼食を挟み、午後からは体育館で吹奏楽部や演劇部の催し物を見るほか、人が集まっている模擬店を透と覗いたりした。その間も冗談と軽口が絶えることはなかった。

文化祭の締めは軽音楽部や有志による体育館でのバンド演奏だった。

私も透も最前列で盛り上がるようなタイプではない。開放されていた無人の屋上に二人で赴き、体育館から漏れてくる音を遠くかすかに聴いた。

とても楽しかった。

両親の仲が良かった小学校低学年の頃のことを思い出した。いつかの休日、三人で遊園地に遊びに行ったことがあった。私たちはそこで幸福に笑っていた。

夕日が差す帰り道、駐車場へと向かう途中でお父さんに肩車をしてもらう。

お父さんは寡黙で勤勉で、そんなことをするタイプの人じゃなかった。人生で初めてお父さんに肩車をしてもらい、その頭にそっと抱きついた。

お母さんはそばで心配していたけど、お父さんが何か言うと微笑んだ。とても満たされたように笑うお母さんの顔をよく覚えている。

仕事が忙しくてあまり遊んでもらえなかったが、スーツが似合う格好いいお父さん。デザイナーという、人とは違う仕事をしていたお洒落で若々しいお母さん。

二人のことが私は大好きだった。

三人で笑い合っていたその時、安心と呼べる場所がそこには確かにあった。私はただ幸福でいられた。なんの心配もない普通の子どもでいられた。

それが小学校も高学年に上がるにつれ、安心と呼べる場所はなくなっていった。

お父さんは仕事が忙しいらしく、なかなか家に帰ってこなくなる。お母さんはある時から何かに見切りをつけるように、自分の仕事に専念し始めた。

両親が顔を合わせることが少なくなり、合わせれば次第に喧嘩(けんか)をするようになる。

私は中学生になっていた。泣きながらその仲裁に入った。

あんなに二人は笑い合っていたのに、私は何を見落としていたんだろう。何が、見えていなかったんだろう。人間のことが……怖くなった。本当のことが見えないから。

お父さんの仕事の都合で離婚することはなかった。お母さんもそれに同意していた。しかし二人はそれぞれに別の好きな人を用意して、別居状態になった。

二人のことがどんどん信じられなくなり、大切なものがなくなって悲しかった。でも意識することを避けていた。意識すると際限なく悲しくなるから。

だけど……私はすごく悲しかったんだ。心から安心できる場所が、失われて。

それが透と二人でいる時、私の中には安心と呼べる場所が生まれていた。

そこでは私は無邪気に世界を受け入れればいい。

笑って、楽しんで、幸福であればいい。なんの心配もない普通の女の子でいられた。

全ての憂いや心配を忘れさせ、自分をただの女の子にしてくれる。

ひょっとしてそれが恋愛なんだろうか。

そんな恥ずかしいことは誰にも言わないし話さないけど、透と二人でいて、私はそういったことを思っていた。

「今日は誘ってくれてありがとね神谷。楽しかったよ」

屋上に出てすぐにあるベンチに腰かけ、私たちは空を見ながら演奏を聴いていた。

「こっちこそ付き合ってくれてありがとな。僕も楽しかった」

隣に顔を向けると透が優しく笑っていた。愛しさが漏れ出さないよう、私は友達の顔をしてニッと笑みを返す。

「楽しいだけじゃなくて、今日は神谷の秘密を知ることもできたしね」

「秘密？」

「写真のこと」

「あぁ……あれな。というか、綿矢こそ何かしたいことはないのか？」

「え、私？」

「聞いたことなかったからさ。それこそ、小説とか書いたり」

そんなふうに返されるとは予想もしていなくて、考え込んでしまう。

小説は好きだが、自分で書こうと思ったことはなかった。中学生の頃は家族のことがあってそれどころじゃなかったし、高校生になっても勉強や真織のことがあった。

その真織には絵がある。そして透には写真。なら自分は……。

「私も、書きたいと思ったことはなかったかな。でも、それもいいかもね。色々と落ち着いたら、書いてもいいかも。それで大学生で新人賞を受賞して、現役大学生の美人作家としてもてはやされるの。神谷のお姉さんとも対談しちゃったりとかさ」

私の冗談めいた表情とは対照的で、透は穏やかに微笑んでいた。

「その時は一番にサインをもらいに行くよ」

「っていうか美人作家ってところ突っ込んでよ。突っ込まれないと恥ずかしいじゃん」

「え？　まぁでも事実だしな。綿矢は綺麗な顔をしてる」

「……。午前中に写真を撮った時もそうだったけど、あんたが真顔で恥ずかしいこと言うやつだって、忘れてた」

その言葉に透が慌て、私は思わず笑顔になる。

ひょっとして私はまた、あの写真のような顔をしてしまっているだろうか。

だけど真織がいない今だけは許してもらえないだろうか。

恋愛に、幸福に笑っていたい。

そんなことを考えながらも冗談を言い合っていると、体育館から聞こえていた演奏がやむ。スマホで時刻を確認し、文化祭の一日が終わろうとしていることを知った。

「そろそろ時間だね。教室に戻ろっか」

「あぁ、もうそんな時間か。なんだかあっという間だったな」

透と笑みを交わしてベンチから立ち上がる。屋内へ通じる扉に視線を向けた。

その時、扉の窓ガラスの向こうで何かが動いた。

長い黒髪が翻るのが一瞬だけ見えた気がした。

「どうした、綿矢？」

「え、あ、ううん。なんでもない」

怪訝そうな透に応じたあと、その扉へと向けて私は歩き出す。

誰かが屋上を訪れようとしていたのだろうか。人がいると分かって引き返したのか。

私は屋内に戻るため、扉の前にある短い階段を上り始める。

不意に、先程の長い黒髪を通じて真織のことが意識に浮かんだ。

「そういえばさ」

階段を上っていた私が思いついたように立ち止まり、後ろに顔を向けた時だった。

振り向いた先には透がいた。あ、と思った時には……それが起きていた。

私の唇が振り向きざまに透の頬に当たる。

多分、同時に目を見開いていた。完全な事故だ。

「あっ、ごめん」

私がなんでもないように顔を離すと「あ、いや。僕こそ」と言って透が謝る。

透も単なる事故だと分かっていて、変に慌てることも焦ることもなかった。

「えっと、それでさ」

私は平静を装う。真織の記憶障害に関する話をしようとしていたため、周りに人がいないことを確認してから小声で続けた。

「真織のことなんだけど……。分かってると思うけど、今日のことは話さない方がいいと思うから。明日の真織がどう考えるかは分からないけど、それでも私と神谷が文化祭を楽しく回って、そこに加われなかったって知ったら悲しく思う可能性もあるからさ」

真織の記憶障害に触れたからだろう。透は真剣な表情となった。

それが次の瞬間にはふっと和らぐ。

「いつも日野のこと、一番に思ってくれてありがとな」

「なんであんたにお礼を言われるかな」

「いいだろ。別に感謝してもさ」

再び笑みを交わし、短い階段を上って屋内に戻る。

下の階に繋がる階段を下りると、職員室に用事があるという透とは別れた。

「それじゃな綿矢。今日はありがとう」

「こっちこそありがとね」

「勉強、あんまり根詰めすぎるなよ」

「分かってる」

職員室へと向けて透が歩き出す。私は無言で背中を見送った。

透の姿が見えなくなったあと、その頬に自分の唇が触れたことを思い出す。

そっと指で唇に触れてしまった。

私はどうしようもなく透のことが好きだった。しかし明日からまた、そのことは忘れなくちゃいけない。真織がいる前では、透と親しくしてはいけない。

「泉、ちゃん」

そんなことを考えていた時、誰かから弱々しい声がかけられた。

いや、それは誰かじゃない。私がよく知る声だ。声がした方へとっさに顔を向ける。

綺麗で長い黒髪の持ち主が……力なく笑う真織が、なぜかそこにいた。

私は混乱し、何が起こっているのか瞬時には理解できなかった。

熱で学校を休んでいたはずの真織が、目の前にいた。

「え？　あ……どうしたの真織。風邪は大丈夫？」

私が動揺を隠して尋ねると、真織が泣きそうな顔となって応じる。

「うん……。少し寝たら、体調もすごくよくなって。それで、あの……」

それから真織は、思わず胸が締め付けられるようなことを言ってくれた。

「泉ちゃんに会いたくなって。昨日の日記見たら、泉ちゃんは文化祭は勉強する予定って書いてあったけど……。もしよかったら一緒に回れないかと思って。驚かせようとして午後から学校に来て。それで……」

わざわざ真織は私に会いに来てくれた。

それなのに私は気付かなかった。それだけじゃなく……。

「なんだかごめんね、泉ちゃん。さっきの人って、神谷透くんって人だよね？　今朝、写真で確認したし、事故の前にもなんとなく見た覚えがある」

真織は何一つ悪くないのに謝ってきた。必死に笑顔を作って尋ねてきた。

私もまた必死に事態を説明する。

「うん。そうだよ。真織の恋人の神谷透だよ。神谷には今日、真織が熱があるってことは伝えててさ。それで、神谷も本当は真織と文化祭を回ろうと思ってたけど、私が受験勉強で疲れてて元気なさそうに見えたみたいで……。気晴らしに文化祭を回ろうって話になって。あいつと私は友達でさ。真織がいなくて寂しいねって話してて。それで」

「泉ちゃん……神谷透くんのこと、好きなの？」

「え、なんで？　ただの友達だって」

「私、二人が文化祭を回ってる姿、見たよ。それだけじゃない。よくないって、やめた方がいいって分かってたのに……屋上で二人が楽しそうに話す姿も、見てたの。私はその、皆と昨日が違うから……。だから、よく見えるんだ。泉ちゃん、神谷透くんのこと、とっても大切そうに見てた」

驚きのあまり言葉が出てこなかった。透への好意がどうしてすぐに真織に分かってしまうのか、少しだけ疑問だった。その理由が分かった。

真織にとっての私は事故前の私で……その私と対比すると、それと分かるくらいに違ったんだろう。特に透の前では。

「今の私って、すごく面倒で邪魔だよね。ごめんね」

真織はそう言って笑ってみせたが瞳から流れるものは隠すことができていなかった。

その真織が背中を見せ、一瞬の躊躇いを挟んで走り出す。

「真織……真織っ！」

私はそのあとをすぐに追った。真織に追いつくことができなかったら、よくない事態になってしまう。真織を悲しませ続けることになってしまう。

それだけは、なんとしてでも防ぎたかった。

真織のことが大切だったから。私じゃなくて、真織の方が透に相応(ふさわ)しいと分かっていたから。二人が本当に想い合っていることを知っていたから。

「邪魔なのは、私の方なの！」

無人の廊下に私の声が響く。幸いなことに周りには、私と真織以外に誰もいなかった。私が声を張り上げても変な顔をして見てくる人はいない。

視線の先で真織が反応する。走る速度を徐々に落とし、立ち止まってこちらを見た。

私は息を切らしながら真織に近づく。

「聞いて真織。全部、全部話すから」

「泉ちゃん」

「私は……私は、神谷が好きだよ」

言った。言ってしまった。話してしまった。打ち明けてしまった。

ただ私の想いや言葉は、そこで立ち止まらせてはいけない。

「でもね。それ以上に……二人のことが大好きなの。真織のことが。真織といる神谷のことが。神谷といる、真織のことが」

言葉は用意することなく自然と口から出てきた。その言葉に自分で打たれる。

透だけじゃない、私は真織のことが、二人のことが大好きだった。

言い切った時に不思議なことが起きる。真織が殊更に驚いた表情をしていたのだ。

なんだろうと思っていると私の視界が滲み始めた。そこで私は気付いた。

あぁ、私、泣いているんだ。それで真織が驚いているんだ。

苦しくて、苦しくて、だけど……温かくて。

私は初めて、悲しさ以外の理由で泣いていた。

私は自分のことを常に見損ない、見限っていた。冷たい人間で、何を考えているのか分からない人間で、自分には純粋で美しいものなんて何一つとしてないと思っていた。

透のように、自分以上に他人を想えるような。

真織のように、絶望にあらがい、それでも前を向いて笑えるような。

そんな美しいものなんて、自分の中にはないと思っていた。

しかし私の中にも二人に似たものがあることに気付いた。気付かされた。

私は透が好き。真織が好き。二人のことが、大好き。

自分のこと以上に大切にしたいと思える。それはけっして嘘でも偽りでもない。

私が見つけた、たった一つの私の中にある、純粋で美しいものだった。

私は涙を拭い、懸命に続ける。

「今日の真織はまだ、神谷のことをよく知らないと思う。けどね、二人は本当にお似合いの二人なんだよ。日記を読んでごらん。そうすればきっと分かる。どれだけ神谷が真織のことを大切にしているか。真織が神谷にどれだけ救われているか。真織が神谷のことを……想っているか。私は真織の日記を読んだことないけど、それでも分かるの」

透と付き合い始めてから真織は明確に変わった。前向性健忘という絶望を抱えながらも、日々を楽しそうに生きていた。

そんな真織を私は誰よりも近くで見ていた。だからこそ、はっきり分かるんだ。

「私はね、そんな二人のことが好きなの。自分のこと以上に、本当に本当に大切なの」

言葉はいつも不確かで、過不足で、思っているそのままを伝えることはかなわない。

曖昧な暗号で感情の切れ端だ。

それでも伝わってほしいと願った。伝えたいと願った。

私が見つめていると「だけど」と真織は言う。

「だけど泉ちゃんだって……神谷透くんのこと、好きなんでしょ。それでいいの？　苦しくないの？　私は記憶障害だし、神谷透くんだって泉ちゃんの方が……」

「神谷はそんなこと気にするやつじゃないよ。たとえ真織の障害を知ったとしても、それで真織のことを嫌いになるような人間じゃない。そんなやつじゃなきゃ……私だって好きになってないよ。神谷はね、真織がどんな状態であっても真織だけを好きなの」

透が真織の記憶障害を知っていることは、依然として秘密になっていた。それでも透の真織への想いが伝わるよう、私は必死に言葉を紡いだ。そして……。

「だからさ。だから……私はね。神谷には振り向いてもらえないの。よくあることだよ。どうしようもないことなの」

自らそう認めることで意識にすんなりと事実が作用した。

それこそ本当によくあることだ。私は片思いで、その想いが実ることはない。たとえ二人が別れても、関係ない。透はそれでも真織だけを好きだから。

「それで……うん。苦しい。正確に言えば、苦しかった。誰にも自分の想いを打ち明けられなかったから。神谷のことを、好きになっちゃいけないと思ってたから」

私はそうやって自分の感情を押し殺していた。私の恋心は邪魔で、真織と透に迷惑をかけるだけのものだから。

しかし……違ったのかもしれない。邪魔じゃない恋心だって、あるのかもしれない。見返りを求めず、ただ純粋に相手のことを想う気持ちだって、あるのかもしれない。いいだろうか。そんな想いを透にもっても。

私は聞きたかった。真織に聞いてみたかった。

拭ったはずの涙が情けなくも次から次へとこぼれ落ちる中、私は言葉を続けた。

「でもさ、今日の真織にだけ聞かせて。私……いいかな？　神谷のこと、好きでいていいかな？　二人に迷惑はかけないって約束するから。だから、だから……神谷のことを好きでい続けても、いいかな？」

尋ねると、なぜか真織も泣いていた。

なぜかじゃない。真織は優しいから。私のことを考えて泣いてくれているんだ。

それから私を抱きしめると真織は答えた。

「いいんだよ、泉ちゃん。自分の気持ちを大切にして……いいんだよ。迷惑かけて、ごめんなさい。でも……ありがとう。やっぱりごめん。本当に、ありがとう」

真織は私を抱きしめたまま、数分間、泣き続けた。

そのあと私たちは帰りのホームルームをさぼり、屋上で話すことにした。

学校の決まりよりも大切なことがあったからだ。

そこで私はどんな後ろめたさも憂いもなく、今日のことは日記に書かないよう真織に頼んだ。真織は少しだけ困惑していたけど、理由を話すと納得してくれた。

どんな事柄も文章として残すのには限界がある。そして残り続けてしまうと、未来の真織にどう作用するか分からない。

〝泉ちゃんは神谷透くんが好きだけど、それ以上に私と彼のことを大切にしたいから応援してくれている〟

例えばこんな文章を残したとしても、それは未来の真織の負担になり得てしまう。だったら最初から残さない方がいい。何も変わらないままの方がいい。

「私はこれまで不自然なことをしてたんだと思う。あるものを、ないと言い聞かせようとしてた。それってやっぱり不自然なんだよ。それで勝手に苦しんでた。でも今日、真織に話せて……自分の気持ちを大切にしていいって言われて、すごくさっぱりした」

言葉の通り、私は晴れやかな笑顔を真織に向ける。

この人生では、ないものをある、と言う方がはるかに簡単なのかもしれない。

それとは逆に、あるものをない、と言うことは難しい。

質量を伴うようにして、あるものはどうしようもなく存在してしまっているからだ。

それを否定すると様々な齟齬が生まれる。自分の身をもって私はそのことを知った。

私は神谷透のことが好きだ。それでいい。そして、その想いは実らなくていい。

自分の片思い以上に大切なものがあると気付いたから。

きれいに諦めがついていた。それと同時に、私はもう大丈夫だと思えた。

きっと以前と同じように透と真織と付き合っていける。

真織はしきりに謝ってきたが、真織が謝る理由なんて一つもない。真織には感謝しかないのだから。それを言葉にして伝える。

「ありがとね、真織。真織が神谷と出会ってくれたから、私も神谷と出会えた。それで……生まれて初めて恋をすることができた。誰かを好きになれたよ」

しばらく真織は無言になった。真織の中で様々な感情が巡っていることは想像できた。

それは私に対する申し訳なさだったり、未来への不安だったり、様々なことだ。

そうした中でも真織は明るいものを選んだ。

「なんだか私も早く、神谷透くんに会ってみたくなったよ。それで……その時に感じる自分のことを知りたくなった」

真織はそう言うと私に微笑んでみせた。

「正直言うとさ、今日、起きたばかりの時は明日なんてこなければいいと思ってた。でも今は……明日がちょっとだけ楽しみ。眠るのも怖くないって思える。私には泉ちゃんと、その泉ちゃんが好きになった神谷透くんがいてくれるから」

真織との間に起こったことは、当然ではあったけど透には話さなかった。殊更に意識したり、思い出したりもしないようにする。

真織がなかったことにしてくれたように、私もなかったことにした。

それが真織に忘れるよう頼んだ自分ができる、せめてもの誠意だと考えたからだ。

翌日、真織はいつもと変わらない真織のままに学校に来た。一日前のことは日記に残していないようで、どんな不自然なところもなかった。透と楽しそうに話していた。

「あっ、泉ちゃん」

「綿矢」

私は透と顔を合わせても大丈夫になっていた。自然な自分でいられた。

「やぁやぁお二人さん。相変わらず仲がいいね」

「泉ちゃん、オジさんっぽくなってるよ」

「綿矢ってたまに、中にオジさんが入るよな」

「二人とも、こんな美女に向かってオジさんとか言うのやめてよ」

私は二人のことが大切だった。

この人生で自分以上に大切なものが見つかった。それが二人だった。

そんな二人と、いつまでもいつまでも一緒にいられればいいと願った。

やがて冬になり本格的な受験シーズンを迎える。春には私は志望する大学に合格することができた。

透は隣町の市役所の職員となることが決まり、真織も障害は治っていないものの無事に高校を卒業した。

三人でたくさん笑った。春休みも一緒に過ごした。

だけどその春、二度と元に戻らないことが起こってしまった。

「僕、心臓があまり良くないかもしれなくて。それで……」

三人で遊んだあと、二人きりになった時に透が真剣な表情で私に言った。

私は驚きながらも、その時はまだ平静でいられた。

しかし前日に透が倒れたことを知らされ、透の母親が心臓の病で亡くなっていたことや、透も小さい頃に様々な検査をしていたことを聞かされると、心は乱れた。

「そっか。あ、あのさ、何か私に出来ることとかあったら、遠慮なく言ってよね」

乱れながらも私は必死にそう言っていた。透が大切で、力になりたかったからだ。

「じゃあ……もし、もしだよ。こういうのってなんて言うのかな、絶対はないからさ。思いついたうちに、頼んだ方がいいと思ってるんだ。別に今回のことがどうってわけじゃなくて、人って、ある時急にいなくなったりするから」

でも思えばそんなこと、言わなければよかったのかもしれない。考えもしなかった。透が、あんな悲しいことを言い出すなんて。


「もし僕が死んだら、日野の日記から、僕のことを消去してほしいんだ」


その瞬間、思考の道具であるはずの言葉が私の中から消え去った。

なんとかしてそれを取り戻したあと、私は透の発言を冗談にしようとした。いつものように冗談にして笑おうとした。だけど笑えなかった。どこまでも透は真剣だった。

「な、何それ。何それ」

だから私はあらがった。あらがうことで、そんな現実が訪れないようにしたかったのかもしれない。

「大事なことなんだ」

「私は、そんなことやりたくない。自分でやったらいいよ」

「そうだね。本当にそうだ。ごめん、変なこと言って。でも、聞いてほしいんだ」

それから透は、優しく穏やかに言葉を紡いだ。

透は記憶障害になる前の真織とは知り合っていないから、死んでも日記に登場しなければ透の死はなかったことにできる。と、そういった意味のことを言っていた。

透が気にしているのは真織の精神だった。

万が一にも透の身に何かあったら、真織が悲しむことになる。毎日のように悲しみ続けることになる。

確かにその通りだったが、私は簡単には受け入れられなかった。たとえ初恋の相手からの願いでも、大好きな透からの言葉でも、簡単に受け入れてはいけなかったからだ。

透との会話は続いた。悲しいことばかりをあいつは言った。

しかし最後に透は微笑んだんだ。「変なこと言って、ごめん」と。

そしてそのあと、確かに言った。

「そろそろ行かなくちゃ。それじゃ、また」

それじゃ、また。そうやって再会の挨拶をした。ちゃんと私にそう言った。

なのに……。

透は心臓突然死で、翌日の夜に亡くなった。

悲しみも死も、空気みたいにこの世界に溢れている。

私はどうしてそれが、自分とは関係ないものだと思っていたんだろう。

悲しみなら、よく知っていたはずなのに。

どうして死が自分の人生とは無関係なものだなんて、思えていたんだろう。

透の死後、私は悩んだ末に生前の透から頼まれていたことを実行した。

真織の日記から透に関する記述を消したのだ。

正確に言えば、消すだけでは違和感が生まれてしまうので、透の姉である作家の西川景子さんと協力し、真織の日記をデータ化して透に関する記述を私に書き換えた。

それだけじゃない。

真織の両親とも協力し、日記はノートではなく、これまでノートPCで残していたと真織本人に信じ込ませた。透のデータが残っている真織のスマホも取り替えた。

それも全て、透の遺志を守るため。ひいては透が大切にしていた、大好きだった真織の精神を守るために。

そうして真織の中から……透の存在そのものが、消えた。

3

私は大学のベンチで秋風に吹かれながら、高校時代の真織とのことや、透から託された願いについて思い返していた。透のことを名前で呼べなかった過去の日々のことを。

手元には高校生の真織がノートに綴っていた本物の日記がある。

そこには透がいた。真織と透は毎日のように笑い合っていた。辛いことや悲しいことはその時々にもあったはずだけど、二人にはどんな問題もなかった。

真織には透がいて、透には真織がいたから。

たとえ前向性健忘という障害を真織が負っていたとしても、楽しいことで溢れた日記と透がいれば、前を向いて生き続けることができた。

あの日までは……。

迷ったけど自分の中で整理するためにも書くことにします。

私の彼氏くんが、神谷透くんが亡くなりました。過去の私たちが神谷透くんのことについては別にまとめてくれています。そちらを読んでください。

死因は心臓突然死というものだそうです。神谷くんのお母さんが心臓の病で亡くなっていたということで、遺伝の可能性もあるという話を聞きました。

人間が突然死んでしまうことがあるなんて知りませんでした。

私は彼のことを日記などでしか知りません。顔も見覚えがわずかにある程度です。

それなのに彼の死を知らされた時、涙がとまりませんでした。

ついさっきまで泉ちゃんと一緒にお通夜に参加していました。棺の中で眠る神谷透くんの姿を見ました。

過去の私たちを笑顔にしてくれていた人が動かなくなっていました。

今でも整理がついていません。ただ悲しくて、悲しくて、どこまでも悲しくて。

過去の日記を読み返すたびに悲しみがあふれてきます。そこには私がいました。神谷くんがいました。どのページにも私と彼の笑顔がありました。

私は、未来の私を悲しませるつもりはないんです。この日記も書かずに、あるいは書いても破り捨ててしまう方がいいのかもしれません。

だけど今の私はこの一度きりです。どんな私も今の私と取替えはつきません。

だから思い切って今の私を日記に残すことにしました。未来の私、ごめんなさい。でも残させて。

神谷くん。会いたいよ。会いたい。会って話がしたいよ。

紅茶、いれるの得意なんだってね。あなたの紅茶、私に飲ませてよ。神谷くんのこと、いっぱい知りたい。支えてもらうだけじゃなくて、私も支えたかった。

会いたいです。会いたい。

でも会えないんだね。とても寂しいです。悲しいです。

透の死に真織はショックを受けていた。そしてそれ以降、二つの理不尽な現実を毎朝叩き付けられることになる。

自分の記憶障害と、恋人の死。

そのせいで真織は日々衰弱していった。前向性健忘の合併症として、うつ病を患ってしまう可能性があると聞いていた私と真織の両親は、そのことを恐れていた。

真織の手書きの日記から透の死に関する記述を消したり、透がいなくなった別の理由を作り上げ、それを信じさせることも考えた。

しかしどれもその場しのぎにしかならない。何よりもそれは透の遺志に反していた。

『もし僕が死んだら、日野の日記から、僕のことを消去してほしいんだ』

透は亡くなる二日前にも倒れ、亡くなる前日には私に言葉を遺していた。

『僕は、記憶を失う前の日野との関わりはほとんどないから。だから……もし僕が死んでも、日記に僕が登場しなければ、それは日野の中でなかったことに出来る』

透だって死ぬ気はなかったはずだ。だけど万が一を考えて私に言葉を遺していた。

自分の母親が心臓の病で突然、亡くなってしまった経験があったから。

ただ、私に託した願いはあまりにも残酷なことだった。普通、人間は自分の痕跡を残そうとする。自分が生きた証が残っていてほしいと強く望む。

それなのに透は反対のことを望んでいた。自分の存在の一切を、どんな痕跡も残さず恋人から消すのだ。純粋に、相手のことだけを考えて。

『確かに、出来るかもしれないけどさ。神谷、あんたはそれでいいの？』

願いを託された日、私が会話の途中で問いかけると透は笑った。悲しく微笑んだ。

『僕はそれでいいと、思ってる』

翌日の夜、神谷透は帰らぬ人となった。

私は考え、悩み、迷い抜きながらも透の遺志を守ることにした。透のお姉さんと真織の両親と協力し、透の痕跡を真織の日常から消した。

真織の本当の日記や手帳、それにスマホは私が預かることになった。

透の痕跡を完全に消し、次第に真織は回復していった。新しい日々をノートＰＣに綴り、毎日のように絵を描き、障害の快復を待ちながら静かに生きた。

透の一切を真織は忘れた。最初からなかったかのように。

だけど真織とは違い、私はなかったことにできなかった。初恋だった。人生で初めて好きになった相手だった。その相手が死んでしまったのだ。

それでも月日が経つにつれ、透の死になんとか折り合いがつけられるようになっていったと思っていた。それが生きていくことだと。

しかし……たとえ死に折り合いがつけられたとしても、恋する人の死で終わった恋にはどう折り合いをつければいいのだろう。

大学一年生の時はそれで悩んだ。

新しく誰かを好きになろうとしたが誰も好きになれない。初恋の病だろうか。透以上の人間なんているはずもないと思ってしまう。

大学二年生になった時にもそれは続いていた。このままではいけないことは分かっていた。私は透を忘れなくちゃいけない。でも、どうすればいいか分からない。

『あなたのことが……好きです』

そんな時に成瀬くんと出会った。眩しいくらいに純粋に好意を寄せられ、断ろうとしたものの、私はつい言ってしまっていた。

『付き合ってもいいけど条件がある。私を本気で好きにならないこと。これが守れる？』

恋愛ごっこでよかった。そのはずだった。

一時の、表面の、偶然の、仮初の、真似事の恋でよかった。

『こんにちは。先輩のこと見つけましたよ』

『綿矢先輩だって素敵ですよ』

『今日はありがとうございました。楽しかったです。次の水族館も楽しみにしてます』

それなのに、どこか透に似ている成瀬くんに触れて心を動かされてしまった。

すると途端に怖くなった。彼によって透が上書きされてしまいそうで。透と一緒に行った場所、したかったこと、見たかったもの。

それらが成瀬くんの存在によって、否応なく上書きされてしまいそうで……。

私は矛盾していた。透のことを忘れたくて、でも、どうしようもなく忘れたくなかった。それで成瀬くんを傷つけてしまった。

いっそのこと真織のように全てを忘れられたらいいのかもしれない。

いや、真織だって忘れたくて忘れているわけじゃないんだ。忘れたくないのに、否応なく忘れているだけなんだ。忘れさせられてしまっただけなんだ。

大好きだった、神谷透という恋人のことを。

その透が描かれたクロッキー帳を真織が自室で見つけたのは、私が大学のベンチで過去のことを思い返していた一か月後、秋も深まり始めた日のことだった。

透の死から一年と約半年が過ぎていた。

「ねぇ、これって誰なのかな？」

午後にカフェで会うと、真織は透が描かれたクロッキー帳を手にして尋ねてきた。

日記や写真、絵に至るまで透の痕跡は全て真織の日常から消したと思っていた。

過去の真織が透の絵を、自室の本棚の裏に忍ばせていたことには気付けなかった。

私はそこで初めて真織に真実を伝えた。

神谷透という恋人が真織にいたこと。その恋人に支えられて高校を卒業できたこと。

その恋人がある日突然、死んでしまったこと。

それだけじゃない。恋人の遺志に基づき、日記などからその痕跡を全て消したこと。

真実を告げられた真織は愕然としていた。

最悪の場合、私は真織に友達関係を解消されてしまうかと思った。でもそんなこと、真織がするはずなかった。私たちがしたことを真織は許してくれた。驚きながらも、自分を守るために皆がしたことだからと、懸命に笑顔を作って感謝すらしていた。

真織の両親とも相談して私は本当の日記を真織に返すことにした。

それから真織は日記を読み、忘れてしまった恋人のことを知ろうとし始めた。

東京にいる透のお姉さんにも真織の状況は連絡した。いつかそういう日がくるかもしれないと、お姉さんは覚悟していたみたいだ。

私の紹介で真織が、こちらまでやって来たお姉さんと二人で会って話すことになる。真織は透のことを尋ね、知り、そこで何か生きる指針を得たようだった。

透の願いは自分のことを完全に忘れ、真織が日常を取り戻すことにあった。

悲しい過去を思い出す必要はない。

しかし真織は自分の人生をきちんと送りながらも、透の死と向き合うことを選んだ。

いつか全て思い出してみせると透を思い出す生き方を。

でも私は……。

4

真織が透のお姉さんと話をした日の夕方のことだ。仲介役の私は誘われて、お姉さんが滞在しているホテルのレストランを訪れた。お姉さんと二人で会って話すためだ。

真織の日記から透を消すか否かについて、透が亡くなった直後、私とお姉さんは真剣に話し合っていた。そして決めたあとは協力してそれを行った。

辛い決断と行動をともにしたこともあり、私とお姉さんの間には友情に似た絆のようなものが芽生えていた。そう、私は思っていた。

ただ透が望んでいたように、芥河賞作家でもあるお姉さんの活動を邪魔したくなくて、実際に会うのは久しぶりだった。

「久しぶりね、泉さん」

「お久しぶりです。ご活躍、いつも拝見してます」

話しやすいようにとお姉さんは個室を選んでくれていた。私があらたまった挨拶をすると、目の前の美しい人が控えめに微笑む。

「そんなに畏(かしこ)まらなくていいから。それに私は、大した活躍はしてないし」

「そんなことないと思います。映画も拝見しましたけど、原作含め、とても面白かったです。それで、あの……」

私は今日、折り合いのつけられない透への想いについて相談しようと考えていた。だけど本題の前にどうしても聞いてみたいことがあった。

「あの原作の小説は、透くんが亡くなったあとに書かれたものですよね」

すると質問の内容を察してか、お姉さんが私を見つめて言葉を返す。

「……泉さんだけは気付くかもしれないと思ってた。透のことを、あの小説で少し書いたから」

小説の登場人物の一人に二十代の男性写真家がいた。映画にも登場していた人物で、冷めたような人柄に見えながらも、家族や恋人、友人を誰よりも大切にしていた。

透が写真に興味があったことを、私はお姉さんにだけは伝えていた。真織の日記をデータ化して透を私に書き換え、その内容を確認していた時のことだ。

『透には何か、やりたいことはあったのかしらね』

ぽつりとお姉さんが呟き、私は迷ったものの答えていた。

『その……家族にも真織にも話してないって言ってたんですけど』

映画の原作ともなった小説を初めて読んだ時、年齢も特徴も少し異なっていたことから、その人物のモデルが透だと確証を得ることができなかった。

しかし映画を見る前に小説を読み返し、実際にスクリーンで見て気付いた。

あれはきっと透だと。

幾つかの可能性の中、自分のしたいことを追求している透なんだと。

それに気付いたのは映画も後半になってのことだった。思わず私は泣いていた。

「やっぱりあの人物は、透くんだったんですね」

「ええ」

お姉さんはお姉さんのやり方で、辛く悲しい思いを昇華していたのかもしれない。

透はお姉さんをどこまでも尊敬していたし、お姉さんも透を大切に思っていたから。

「実は……その透くんについて、悩んでいることがあるんです。話を聞いてもらってもいいでしょうか？」

私が本題を切り出すと、お姉さんが優しく微笑む。

「勿論よ。こんなことを言うと笑われてしまうかもしれないけど……。私は泉さんのことを、妹のように思っている時があるの。だから、なんでも話して」

まさかそんなふうに思ってくれているなんて考えもしなかった。感謝で胸が塞がり、言葉が出てこなくなる。それでも自分の考えや印象が伝わるよう誠意を込めて話した。

お姉さんは真剣な表情で耳を傾け、やがて話が終わると、その場に陽気なものを加えようとしてか冗談を言う。

「透は本当に幸せ者ね。真織さんに泉さん、二人の可愛い子に大切に想われて」

「いえ、私なんか」

慌てて否定する私を見て口元を和らげたあと、お姉さんはわずかに悲しそうになる。

「泉さんはまだ、透のことが好きなのね」

一瞬にして私の世界は静かになった。

今まで見ないようにしていたことだった。そんなことを続けても意味がないから。どこにも行けないし辿り着かないから。だけど私は認める必要があるのかもしれない。

私は今でも透のことが好きだった。透のことだけが好きだった。

「そう、なのかもしれません」

「初恋だったのね」

「……はい。忘れようと……努力はしたんです。無理やり、誰かと付き合ってみて。でも最初からきっと、うまくいかないって分かってたんだと思います。最終的には身勝手に別れてしまって」

「そう……。辛かったわね」

「どうすれば、いいんでしょう？　どうすれば透くんのことを忘れられるんでしょう？　悲しみを……乗り越えていけるんでしょう」

　私はいつも、悲しみに気付かないフリをしていた。両親の仲が悪くなった時からそうだ。しかし言葉にして気付いた。痛切に感じ取った。

　透が亡くなってから、私はずっと悲しかったのかもしれない。今も、まだ。

　顔をうつむかせていると、お姉さんが躊躇いがちに言葉を紡ぐ。

「透のことを忘れられなくて苦しんでいるのなら……まずは自分のことを忘れてみるのも手かもしれない」

　その発言に促されるように顔を上げた。私のせいで暗くなりがちなこの場で、お姉さんは微笑みかけてくれた。

　お姉さんは私と同じで二十代だが、多くの経験を積んでいる人でもあった。自分では考えもつかなかったアドバイスをくれる。

「自分のことを、ですか？」

「そう。例えば泉さんは、何かしてみたいことはないの？」

「……あります」

思った以上に返答が早かったからだろう。お姉さんが驚いていた。

その表情が再び優しいものに変わる。

「目標というのは人生をシンプルにしてくれる。もし何かしたいことがあるなら、自分のことを忘れるくらい、それに夢中になってみるのもいいかもしれない。その間にも時間は過ぎていくから。そうすれば徐々に色んなことが過去になっていく。忘れられないと思っていたものも、忘れられるようになっていくかもしれない」

「目標……」

私の呟きは弱いものだったが、死や悲しみといったもので埋め尽くされていた中、それはとても健全に響いた。

小さい頃に何度も目にしていたのに、忘れていたような言葉だった。

心が静かに揺り動かされていると、お姉さんが口元を和らげながら尋ねてくる。

「ちなみに、泉さんのしたいことってどんなことなの？　無理にとは言わないけど、もしよかったら」

「私……小説を書いてみたくて」

答えたあと、素人が何を言っているんだと己を恥じた。これまでにもお姉さんに対し、小説を書いてみたいと言ってきた人は大勢いるだろう。その度に困っただろう。

「そう。どんな小説を？」

だけどお姉さんは嫌な顔をするどころか、にこやかに話を促してくれた。

その笑顔に誘われ、心の底に仕舞っていたものが出てくる。

「失礼でなければ……私なりに、透くんのことを書いてみたくて」

それは一度は試みたことだが、果たせずにとまっているものだ。

しかし口に出せるのはこの場しかないと考え、私は思い切って続けた。

「忘れたいのに、透くんのことを書くなんて矛盾しているかもしれません。でも自分の中で整理をつけるためにも、書いてみたくて。それでそれを賞に、お姉さんに……」

私はその小説を、お姉さんに読んでもらいたいと思っていた。お姉さんは私以上に透のことをよく知る人で、同時に心から尊敬する小説家でもあったからだ。

私は目の前の人の言葉に、どれだけ救われたか分からない。孤独だった私が、お姉さんの小説の思想や言葉にどれだけ勇気をもらったか、分からない。

でもそんな人相手に拙い小説は読ませられない。だからこそ、お姉さんが選考委員の一人になった文学賞に投稿しようと考えていた。相応しい形にして読んでもらおうと。

ただそのことを、選考委員であるお姉さんの前で口にするのは躊躇われた。

そもそも完成できるのかも分からない。締め切りも残り約三か月と迫っている。

何より自分の弟をモデルに小説を書かれるのは、お姉さんにとって嫌かもしれない。

「楽しみにしてる」

それなのにお姉さんはまたしても笑顔となり、そう応じてくれた。私が語らなかった言葉すらもきっと汲み取り、そのうえで公正に、穏やかに言ってくれた。

「いつか……泉さんの小説が私のもとに届く日を。泉さんは書くことができると思うから。あなただけのものを」

5

いつしか秋も暮れて冬に入り、暦は十二月になっていた。

春から夏、そして秋から冬へと移り変わる中で様々なことがあった。

何も果たせなかった気もするし、大切な何かを摑んだ気もする、そんな日々だった。

一つだけ確かなことがあるとするならば、私にも目標ができたことだろう。

透のことを小説にし、それをいつか選考作品としてお姉さんに読んでもらうという。

『悲しさや辛さは、人に打ち明けることで意味が変わる。そこから少し離れることができる。だからいつでも打ち明けられる人を用意しておいて。例えば……私とか』

あの日の別れ際、私に向けてお姉さんはそう言ってくれた。

『いいんですか。その、私なんかが……』

『言ってたでしょ。私にとって泉さんは妹みたいなものだって。これまであなたの悲しさや辛さに気付けなくて……ごめんなさい。だけどこれからは、私がいるから』

それ以降、私が相談しやすいようにお姉さんは自分からメッセージや電話をくれた。

その温かさに心が震える。この人が本当のお姉さんだったらいいのにとすら思った。

でもお姉さんからすると、どうだろう。私が本当の妹だったらいいのにと考えてくれるだろうか。

いや、足りない。今の私ではお姉さんの誇りにはならない。

……私はこれまで、自分の人生を歩めていると思い込んでいた。だけど透が死んだ日から、実は一歩も進むことができていなかったのかもしれない。

いなくなった透のことだけを想い続け、透のことだけが大事で。それで……。

私を慕ってくる後輩の男の子さえ簡単に傷つけてしまった。

そこで私は実感した。透の死に誰よりも囚（とら）われていたのは自分だと。

そんな自分に気付くことができて、久々に心から大きく息がつけた心地がした。

これから私の人生がようやく始まっていくのかもしれない。

いや、始めなくちゃいけないんだ。そのためにも目標をもち、自分を忘れるくらいにそれに取り組んでみたい。自分を試してみたい。

そうして目標を定める一方で、私にはまずしなくてはならないことがあった。

成瀬くんに謝ることだ。私は彼に酷いことをした。間違った方法で透を忘れようとして、それに付き合わせてしまった。恋愛で、自分の都合で簡単に傷つけた。

水族館でのデート以降、彼とは話していない。

気まずくてだろうか。特に夏休みが明けてからは大学で顔を合わせることすらなく、冬になった今もその状態が続いていた。

「成瀬？　知らなかったのか？　あいつなら二学期から休学したよ。一人暮らしのアパートも契約解除しちまったみたいでさ」

男の同級生からそのことを知らされたのは、お姉さんと会った翌週のことだった。

不自然なほど成瀬くんと出会わないことを不思議に思い、彼と同じ高校出身の、私の同級生に尋ねてみたのだ。

「休学って……え？」

思いもよらぬ返答に驚かされた。詳しい理由は分からないということで心配になる。

私が原因だろうか。彼のことをそんなにも深く傷つけてしまっただろうか。

同級生にお礼を言い、私は思い切って成瀬くんにメッセージを送ることにした。

《休学したんだって？》

既読はすぐにつかず返信もない。しかし夜になるとメッセージが返ってきた。

《お久しぶりです綿矢先輩。メッセージありがとうございます。その……ちょっと都合があって休学してます》

その柔らかい文面にほっとし、自分が緊張していたことを知る。嫌われているかもしれないと覚悟していたものの、私を不愉快に思っているわけではなさそうだった。

都合という言葉は気になるが、家庭の事情かもしれないと考えると安易に追及はできなかった。まだかすかに緊張しながらも、なんでもない挨拶を試みる。

《そっか。元気してる？》

《はい、元気ですよ。大変なことも多いですが、なんとかやってます》

《今は何してるの？》

《一日中アルバイトしてます》

休学してアルバイト？　やはり家庭で何かあったのだろうか。

私とのことを皮きりに、優しい彼のもとに不幸が降りかかっていないか不安になる。

謝罪とともに何があったのか尋ねようとした。

《あの、綿矢先輩》

それに先んじて成瀬くんがメッセージを送ってきた。

《こうしてまたお話ができて、僕はすごく嬉しいです》

思わず彼の言葉を見つめる。そうしていると新たなメッセージが届く。

《大学で先輩に会えて本当によかった》
《私は君に、酷いことしかしてないよ》
《そんなことありません。最初から僕には分不相応だったんです》
やり取りをしながら、あらためて痛感する。彼はどこまでも優しかった。
純粋で謙虚で無欲で……。
《僕は何も持ってないから》
その彼が、どこか寂しげなメッセージを綴った。そんなことはないと否定したかったけど、打ち込もうとしている間に次のメッセージがきて機を逸してしまう。
《先輩は今、どうしてます？》
《私？　私は変わりないよ。大学に通って、母親の手伝いで時々アルバイトして》
それ以外に取り組んでいることもあった。彼には素直に伝えることにした。
《あと、小説を書いてる》
《小説ですか？》
《うん。ちょっと賞に出そうと思ってて。秘密ね》
なんとコメントすべきか迷っているのだろう。ほんの少し返信に間があく。
《そうなんですね。秘密を教えてくださって、ありがとうございます》
律儀な彼の文章に微笑みながら、私は次なるメッセージを打ち込もうとした。

《あ、すみません。そろそろ仕事に戻らなくちゃいけなくて》
しかしどうやら成瀬くんがアルバイトに戻る時間がきたようだ。
私はできるなら彼に謝りたかった。
でもその時になって、それは単に、自分を楽にさせるためだけの行為だと気付く。
今更謝っても彼に気を遣わせてしまうだけだろう。なら彼への申し訳なさを抱えて生きるのが自分の務めかもしれない。簡単に楽になってはいけない。
《時間とらせちゃってごめんね。ありがとう》
《寒いので体に気をつけてください》
《分かった。君も元気でね》
《綿矢先輩もお元気で。またいつか》
成瀬くんとのやり取りが終わる。「またいつか」という言葉を見つめ、つい半年前まではすぐそばにいたのに、その彼と離れてしまったのだなということを実感した。
そうして私はまた一人になった。誰もが皆、一人で歩く。私だけじゃない。
クリスマスシーズンの街を横目に大学に通い、賞に応募すべく小説を書いた。
募集ジャンルは短編や中編が主体の純文学であり、応募の規定枚数は多くなかった。
まずは完成させることが大事だと考え、試行錯誤を重ねた末に初稿が年末には完成する。拙いながらも小説を初めて完成させた時には少しだけ感動した。

だけど冒頭から読み返し、今のままでは全然だめだということが分かる。一から小説を書き直した。

その頃には大学が冬休みに入っていたこともあり、昼食を忘れ、夕飯すらも忘れ、睡眠にも構ってやれず、ただパソコンに向かってひたすら小説を書いた。

気付くと三が日が過ぎていたが、書き直した小説の初稿は完成していた。

まだまだ拙い出来だが、その小説を基に過不足を図り、それ以降は修正を続けた。

何かに集中していると過去や悲しみから一時、自由になれた。

透のことを書きながらも客観視しているからだろうか、透の存在そのものさえも忘れることがあった。

私が小説の原稿に集中するように真織も受験勉強に専念していた。それでも時々メッセージや電話がきて、息抜きにいつものように冗談を交えながら話した。

やがて二月末の応募締め切り日が訪れる。私は初めて賞に小説を投稿した。

三月になると真織から大学に合格したという知らせを受ける。

春休みには合格祝いを兼ね、桜並木で有名な公園に真織とお花見に出向いた。高校二年生の春休みには、真織と透と私の三人でお花見をした場所だった。

私と二人でのお花見の最中、真織は透のことを思い出しかけて涙した。

大切なものは全て自分の中にあるからと、いつか透のことを思い出してみせると、そう言っていた。

私は透のことを忘れようとし、反対に真織は思い出そうとしていた。

その対比を無言で見つめる。どちらが正しいとも間違っているとも思わない。それぞれの生き方があるだけだ。

四月になり、真織は違う大学の一年生に、私は自分の大学の三年生になる。

賞には応募が済んでいたもののまだ書き足りない気がして、削って新しく付け足したり一から書き直したりしていた。

お姉さんからも時々連絡がきた。お姉さんが東京からこちらに来ることがあれば、お茶をしたり夕飯を食べたりして和やかに過ごした。

『どうすれば透くんのことを忘れられるんでしょう？』

半年近く前のあの日、そうやってお姉さんに尋ねたことを思い出す。

あの頃に比べて随分と楽にはなっていた。目標をもって何かに取り組むことの健全さに驚く思いだった。

忘れられないと思っていたことも、忘れられるようになっていく。

それでもまだ、私の中に透はいた。夢の中に出てくることもあった。

高校の校舎内で透らしき人物の後ろ姿を見つけ、私はそのあとを必死に追う。だけど透のもとにはけっして辿り着けない。

目覚めると泣いていて、透のことを過去にしなければと何度も思った。

そうしている間に季節は夏へと移り変わる。

賞の受賞発表は七月末、紙面上で行われるということだった。雑誌は毎月買っていたけど賞の選考過程は確認しなかった。お姉さんも特に何か言ってくることはない。

大学三年生から始まった就職活動のガイダンスに参加したり、試験に向けた勉強を行っていると、いつしか受賞発表の日になっていた。

受賞者欄に私の名前はないだろう。事前に出版社から連絡もなく、落ちたことは分かっていた。

いつものように雑誌を購入して受賞発表のページを開く。

予想していた通り、私の名前はそこになかった。

残念だが仕方ない。私ではまだ届かなかった。それでもいい。これから時間をかけて歩いていこう。歩き続けている限りは、どこかに辿り着けるはずだ。

そんなことを考えながら受賞者の作品や名前を確認していく。

……一瞬、私は日本語が分からなくなった。

小説以外にも写真や絵の賞が設けられていた。写真賞の佳作欄に見慣れた、しかし信じられない名前が、作品名とともに記載してあった。

「終氷（しゅうひょう）」　神谷透

神谷透。

その文字を認識するのに時間がかかった。だけど間違いない。そこに記されているのは私がよく知る人物の名前だった。

夢が現実に滲み出てきたような、とりとめのない感覚に包まれる。

どういうことだろう。単なる偶然なのか。そうなんだろう。そうでしか有り得ない。

透はもうこの世界にはいない。どこを探しても神谷透はいない。

ただ頭の片隅でほんの一パーセントだけ、いや、それ以下の可能性で、実は透は生きていたのではないかと思ってしまった。

『もし僕が死んだら、日野の日記から、僕のことを消去してほしいんだ』

あれから起こったことは全て嘘で、あるいは透とお姉さんが何かしらの意図をもってしたことで……。

透は本当は生きていて、全てが落ち着いた今、撮りたかった写真をどこかで撮っているのではないかと。どこかで別の人生を送っているのではないかと。

それこそ、あの映画の登場人物のように。

だが、そんなことは有り得ないのだ。透の通夜にも葬儀にも私は参加していた。

棺の中で眠る透の顔を私は見ていた。その冷たさを、知っていた。

そのはずだった……。

《写真賞の佳作、見ました。あれは透くんじゃないんですよね？》

それでも落ち着かず、お姉さんにメッセージを送る。しばらくして返事がきた。

お姉さんらしい柔らかい文体で綴られた返信の中には、意図的なのか明確な返答はなかった。その代わり驚いてしまうような提案が含まれていた。

《小説の賞と合同で、写真と絵の賞も来月に授賞式があるの。招待客として、よければ泉さんも祝賀会の会場に入れるようにするから》

私は息をひそめながら、それに続く文章を見つめた。

《自分の目で確かめに来てほしい。会場は東京になってしまうけど、いいかしら？》

本当に、どういうことなんだろう。お姉さんは何かを知っているんだろうか。ただの偶然なら、そのことを伝えてくれるはずだと思っていた。

《分かりました。ありがとうございます》

疑問を抱きながらも、わざわざ返信してくれたことに感謝してメッセージを送る。

真織に伝えようか迷ったが、いたずらに混乱させるだけの可能性もあった。まずは私が確認して、そのあとのことはお姉さんと相談して決めるべきだ。

やがて大学の試験も終わり、夏休みに入る。授賞式に関する連絡がお姉さんからメッセージで送られてきた。

《当日、私は選考委員の仕事で一緒にいられないけど大丈夫？》

《大丈夫です。心配してくださって、ありがとうございます》

お姉さんに返信を終えたあと、私はある写真を思わずスマホに表示させた。

高校三年生の私がそこにはいた。

空き教室の椅子に腰かけ、写真を撮っている相手に向けて微笑んでいる。

生前の透が文化祭の日に撮ってくれたものだ。真織にもお姉さんにも見せたことがない、私だけが知る透が遺した写真だ。

この写真を撮った透が、祝賀会の会場にいるのだろうか。

落ち着かない気持ちのまま当日を迎えた。

夕方に行われる祝賀会に間に合うよう新幹線で東京へ向かう。服も参加者に見合うものを事前に用意していた。

祝賀会の会場は歴史と伝統のあるホテルの広間だった。

会場前の受付で名前を伝えると中の広間へ案内される。

ホテルの別の場所でメディアを招いた授賞式が行われたあと、大勢の関係者や招待客とともに、この広間で祝賀会が行われるということだった。

最初は数人しかいなかった会場にどんどん人が集まってくる。

時間となり、司会者の男性が登壇すると喧騒がやんだ。司会者の進行のもと、受賞者が入場して祝賀会が開始される。

小説、写真、絵、それぞれの部門での受賞者が登壇した。司会者により、会場にいる人に向けて受賞者の名前と作品が紹介される。

そこに〝神谷透〟がいた。

信じられなかった。見慣れた名前に、スーツを着た見慣れないその姿。〝神谷透〟が受賞に対するコメントを行い、受賞者のコメントが全て終わると壇を下りる。

歓談の時間が始まり、受賞者がたくさんの人に話しかけられていた。

私は無言で足を進める。

喉がからからに渇いていた。距離を置き、目に焼き付けるようにしてスーツ姿の〝神谷透〟を見つめる。

すると彼が視線に気付いた。こちらに顔を向け、驚いた表情となる。

私たちはそのまま数秒間、見つめ合った。

いつかこんなふうにして、彼と目を合わせたことがあった気がした。あれは、いつだっただろう。どの場面だっただろう。

驚きに見舞われている私に彼が微笑みかける。私のもとまでやって来た。

「綿矢先輩」

そこにいたのは、本物の神谷透ではなかった。

私の大学の後輩だった。

神谷透の名前で受賞した彼が……成瀬透くんがそこにいた。

終氷

1

今までの僕の人生は、どちらかといえば平凡だった。

強い意志をもって何かを手にすることもなければ、反対に手放すこともなかった。

成瀬透という名前のままに、透明人間のように薄ぼんやりと生きている。

でも仕方なかった。僕には僕だけの持ち物がないから。才能も、個性も……。

——果たしてそれでいいのだろうか？

ある日、そんな自分に強く疑問を覚えるようになった。

きっかけは綿矢先輩と別れたことだ。分不相応だなんてことは初めから理解していたし、何よりも課されていた条件を守らなかったのは僕だ。

『付き合ってもいいけど条件がある。私を本気で好きにならないこと。これが守れる？』

ただ、未練がましいとは分かっていたけど別れたあとも何度も考えていた。

あの時、僕はなんと応じればよかったんだろう。

『私……優しい男は好きじゃないの』

あるいは最初にそう言って線を引かれた時、すぐに諦めるべきだったのか。

綿矢先輩のその言葉を当初、僕は額面通りに受け取っていた。

単純に優しい人が嫌いなんだと思っていた。

だけど先輩の親友である日野真織さんと話して、実は違ったのかもしれないと分かった。綿矢先輩の忘れられない人が、優しい人だったんだと。

僕はひょっとすると、その人に少しだけ性質が近かったのかもしれない。

もしくはその人の劣化版かもしれない。なんとなく優しくて、なんとなく真面目で、なんとなく小利口で、なんとなく……。

僕には僕だけの持ち物がないことを、人生で初めて不甲斐なく思った。

単なる劣化版ではなく、自分に何か特別なものがあれば、先輩は僕と一緒にい続けてくれただろうか。

あるいは僕が特別な何かを手に入れれば先輩を振り向かせることができるだろうか。

手元には一冊の文学雑誌があった。

綿矢先輩が敬愛している作家、西川景子さん。彼女が選考委員の一人を務める文学賞の公募が行われている雑誌だ。

日野さんとファミレスで会って話したあと、僕はその雑誌を探して購入していた。

綿矢先輩が小説を書いていることを知り、その賞への応募を考えているかもしれないと気付いたからだ。

でも気付いたからといって、雑誌を購入しても意味がないことは分かっていた。綿矢先輩がしようとしていることを、僕は黙って見ていることしかできない。

しかし小説だけの賞だと思い込んでいたが、合同で写真や絵の賞も募集されていた。写真の二文字を思わず見つめてしまう。こんなところで再び会うとは思わなかった。

『成瀬は結局、本気で何かができる人間じゃないんだな。小利口で、小器用で……』

写真という文字を見る度、自分の中で何かが傷つく。

小学生の頃、僕はただ無邪気に写真が好きだった。

写真を好きになったきっかけは、修学旅行の観光スポットでのことだ。同じクラスに女の子の仲良しグループがいて、誰が写真を撮る役に回るかで困っていた。

僕が写真を撮る役を買って出ると皆は喜んだ。

それだけじゃなかった。カメラを向けて写真を撮ると皆が笑顔になる。

そうやって代わりに撮っているとほかのグループも頼んできた。カメラを向けるとまた皆が笑顔になる。それまで写真を撮ったことがなかった僕は驚いた。

写真は、人を笑顔にできるものだと知った。

それ以降、僕は学校でイベントがあると写真係に立候補した。運動会や文化祭といった行事でカメラを持っていると「撮って撮って」と皆が寄って来る。

小学校を卒業し、入学した地元の中学には運よく写真部があった。

先輩も同級生の部員もいい人たちばかりで、僕らは学校の行事があると顧問や生徒会に頼まれてたくさんの写真を撮った。そこには人の笑顔があった。

『単なる記録用の写真だ』

その写真部に変わった男性部員が一人いた。桜井という名字の三年生の先輩だ。

中学の写真部は良くも悪くも仲良しクラブだった。そこで一人、真剣に写真をやっていたのが桜井さんだった。

桜井さんはスタンスの違いから写真部のことを嫌い、機材が自由に使えるから仕方なく入部しているといった感じで、部員たちからは煙たがられていた。

だけど桜井さんには圧倒的な実力があった。

小学生の頃から写真コンテストで賞を取っていたらしく、中学に入ると大人顔負けの写真を撮って、有名な写真コンテストで優秀賞ばかりを取っていた。

そんな桜井さんのことを僕は純粋に尊敬していた。斜に構えた性格をしているものの、そういったところも含めて格好いいとすら感じていた。

そして自惚れかもしれないけど、どれだけ邪険に扱っても話しかけてくる僕のことを、彼も悪くは思っていなかったのかもしれない。撮った写真を部室で見せると、出来栄えに呆れながらも微笑ましそうに口元を緩めていた。

『成瀬はどうして写真を撮ってるんだ？』

夏休み前のある日、その桜井さんに質問される。ほかの部員は外に写真を撮りに行っていて、部室には僕と桜井さんの二人きりだった。

『写真を撮ると皆が笑顔になってくれるからです』

『……成瀬らしいな』

僕の返答に、桜井さんはいつものように子どもを見る目をして笑っていた。

『桜井さんはどうなんです？』

『俺？　俺は……写真が自分を特別な人間にしてくれるからだ』

それは自分にはない発想だった。僕にとって写真は人の笑顔とともにあるもので、自分を変えるものではない。

驚いている僕に向けて桜井さんが微笑む。

『なぁ成瀬。お前を含め、この学校の写真部が撮ってるのは単なる記録用の写真だ。そこにあるものを意図なく切り取ってるだけで、写真を作り出してるわけじゃない』

『え？　写真って、作るものなんですか』

僕の間の抜けた問いに桜井さんが再び微笑む。

『よかったら俺が、お前に写真の作り方ってやつを教えてやるよ』

それは彼特有の気まぐれみたいなものだったんだろう。

中学一年のその夏、僕は桜井さんに写真の作り方を教わった。そのために必要な最低限の技術も叩き込んでもらった。

結果、夏休み明けに行われた中学生限定の写真コンテストで入賞を果たした。

入賞といっても何十もの数が選ばれる佳作の一つだ。それでも自分にとっては快挙だった。家族を含め、クラスメイトや部員も自分のことのように喜んでくれた。

桜井さんも同じように喜んでくれるかと思った。コンテストに出すことは話していたけど、写真は一人で撮って選べと言われていた。

部室で二人になった時、桜井さんに佳作となった写真を見せて報告する。桜井さんは真剣な表情で写真を見つめたあと、なぜか悲しそうな顔となった。

『成瀬は佳作でよかったのか？』

その声は、二人きりの部室でやけに大きく冷たく響いた。

『よかったのかって……充分すぎますよ。いい記念になったっていうか』

『もっと上の賞を目指したいとは思わないのか？』

桜井さんが写真を撮る時の目で僕を見ていた。つまりは真剣だった。

僕は自分の心を点検し、そのうえで答える。

『佳作だって自分には勿体ないくらいです。教わっておいて言うのもなんですけど、これだってきっと偶然の産物で……』

『もっと本気でやってたら違ったはずだ』

『え？』

『俺は成瀬に、あのコンテストなら、少なくとも優秀賞を取れる写真の作り方を教えた。お前にだって才能はあった。じゃなきゃ教えない。なのに自分で自分の限界を決めて、小さくまとまって』

桜井さんは怒っているかと思った。でも違った。悲しんでいた。

彼は自分と同じように、本気で写真に取り組める人間を探していたのかもしれない。

桜井さんの孤独を僕が裏切った。

『成瀬は結局、本気で何かができる人間じゃないんだな。小利口で、小器用で……』

その言葉を残し、桜井さんは部室から去っていった。

僕の人生に強い印象を残して静かに去っていった。

お互いに部活を辞めたわけではないし顔を合わせる機会だってあった。だけど僕は変に気後れしてしまい、それ以降、桜井さんに話しかけることができなかった。

そのまま季節が流れ、二つ上の先輩である桜井さんは中学を卒業していった。

彼が高校に進学せず、東京でプロの写真家の助手をしていると聞いたのは僕が中学を卒業した頃だった。

それから三年が経ち、高校を卒業する頃に中学の写真部の集まりがあった。そこにはあとで頻繁に顔を合わせることになる、同じ大学に進んでいた先輩もいた。

　しかし桜井さんはその集まりには来なかった。僕と二つしか年齢は変わらないのに、既に写真家として独り立ちしているという話だった。

　皆が口々に桜井さんがＳＮＳで投稿している写真を褒めていた。僕もそれを自分のスマホで確認する。

　写真は撮るものじゃなくて作るもの。

　スマホで簡単に綺麗な写真が撮れる現代にあって、桜井さんは独自の方法を突き詰めていた。桜井さんが作る写真はどこまでも綺麗で、たくさんの人から賞賛されていた。量産型の僕とは違い、どこまでも桜井さんは桜井さんで自分だけの物を持っていた。

　そんな彼のことを思い返しながら、僕は現在へと立ち返る。

『成瀬は結局、本気で何かができる人間じゃないんだな。小利口で、小器用で……』

　桜井さんから言われたあの言葉は、今でも僕の中で杭のように刺さっている。

　自分は特別な人間じゃない。本気で何かができる人間じゃない。

　写真という言葉を見たり聞いたりする度、桜井さんの発言を否応なく意識させられた。目をそらし、不甲斐ない自分を受け入れていた。自分で自分を諦めていた。

　だけど……。そんな自分では、好きな人に振り向いてもらえなくて当たり前だった。

　僕は購入した文学雑誌に思わず力を入れる。食い入るように見つめた。

　僕が特別な何かを手に入れたら、綿矢先輩は驚くだろうか。僕に価値を認め、振り向いてくれるだろうか。

欲しかった。特別な何かが今、欲しくて仕方なかった。

凡庸で凡才で流されるように生きてきた僕が初めて、何かを欲しいと思った。手に入れたいとそう願った。

その日を境にして僕は走り出すことに決めた。必要なのは覚悟だった。それ以外は何も必要じゃないと割り切ることだった。

思えば本気になるとは、そういうことだったのかもしれない。

桜井さんと再会したのはそれから二日後の、まだ夏休み中のことだった。

僕はもう一度彼から写真を教わりたいと思った。いや、教わらなくてはだめだった。自分を変えるなら、あの時に立ち戻る必要があった。

桜井さんの動向はSNSを通じて知ることができた。活動場所としている東京で友人が個展を開いているらしく、その手伝いをしているということだった。

僕は思い切ってその場所を訪れる。会場ではお客さんのほか、数人の関係者らしき人が集まって静かに話していた。一目見て僕はその中にいる桜井さんのことが分かった。

彼めがけて足を進めると、それに気付いた桜井さんがこちらに目を向ける。怪訝そうに僕を見つめていたかと思ったら、その顔が何かを発見したような表情に変わった。

「佳作じゃ嫌です」

瞬間、時間がとまったかのようになる。僕の言葉に桜井さんが目を見開いた。

でも本当は時間はとまったわけじゃない。時間は進んだのだ。

そして今も進んでいる。何かをしてもしなくても、容赦なくそれは進んでいく。

「この言葉を言うのに六年もかかりました。けど、ようやく言えました。僕は今、佳作じゃ満足できません。どうしても欲しいものができたんです。だから……」

桜井さんの友人や会場のお客さんが僕に視線を集めていた。最高に恥ずかしい場面だ。いきなりやって来た人間が、わけの分からないことを言っている。

それでも僕は構わなかった。厚顔で無恥で構わない。

その代わり、無欲にだけはなりたくない。

「僕にもう一度、写真の作り方を教えてください」

すると目の前の人が——桜井さんがふっと笑う。

いつかの夏、写真を教えてくれた時に何度も目にした笑顔だった。あの夏以降、一度も見られなくなった笑顔だった。

「成瀬、お前さ……。久しぶりに会ったかと思ったら、いきなりそれかよ」

言葉とは裏腹に桜井さんは嬉しそうだった。「しかし、随分と面白い人間になったな」と微笑んでさえいた。

交わしたい言葉も募る話もあったが、その時の僕らにそういうことは必要なかった。

桜井さんは口元に笑みを浮かべたまま、僕に向けて言う。

「いいぜ。ちょうどタダで使える助手を探してたんだ。それくらいの覚悟はあるんだろ?」

桜井さんのもとで助手としてタダ働きをする。写真を教わる条件がそれだった。僕に異論はなく、期間についてもその場で決める。

目標としている賞の結果発表が約一年後ということもあり、なら切り良く一年でどうかと僕から持ち掛けた。それでいいと桜井さんは言ってくれた。

その段階でならまだ、やろうと思えば引き返すこともできた。桜井さんに謝って一人暮らしのアパートに戻り、何も変わらず変えられないまま以前と同じ自分を送るのだ。

だけど僕は、これまでの自分が嫌でここに来たのだ。たとえこれからの一年を棒に振ることになっても構わない。浪人や留年をしたと思えばなんでもない。

ただ、両親に迷惑をかけるのは最低限にしたかった。助手となる期間を決めたあと、個展の会場を出て電話で両親に連絡する。休学の相談をするためだ。

二学期が始まる前に申請すれば費用はかからないことは知っていた。一人暮らしのアパートは解約する。復学してからは朝早くに実家を出れば大学の講義には間に合う。

一人暮らしは両親からのプレゼントのようなもので、もともと贅沢なものだった。

その日は土曜日で父親が家にいた。休学したいことを伝えると驚いていた。

当然のように理由を問われ「どうしても今、やりたいことがあるんだ」と答えた。

「それは今じゃなきゃだめなのか？　学校に通いながらじゃ難しいことなのか？」

「うん。今を逃したら多分、僕は後悔する。今、受験の時以上に必死にならなくちゃいけないことができたんだ。自分を試す意味でも、どうしてもやってみたいんだ」

父親は悩んでいた。今まで我が儘を言ったことのない僕が、突然不確かで曖昧な我が儘を言ったのだ。

「……休学の期間はどれくらいなんだ？」

「一年。申請を今すれば休学の費用はかからないし、アパートも契約を解除してもらって構わない。その準備もする。復学したあとは実家から大学に通うよ。そうすれば僕が一年をロスするだけで、将来的なアパートの費用も浮いて金銭的な損失もないから」

やりたいこととの内容も正直に写真だと話した。中学の先輩である桜井さんのことや賞への応募に関連することも伝える。しばらくして父親が「分かった」と言った。

「でも母さんが心配するといけないから、一か月に一度は連絡するんだぞ」

僕は父親に感謝の言葉を述べ、思わずその場で頭を下げる。

そうして僕は一年を限定に大学を休学し、桜井さんのもとで助手の仕事を始めることになった。

目標としている公募の締め切りは来年の二月末だ。ならそれまでの約半年、死ぬ気でやってみようと思った。それで結果が出なかったらそれまでのことだ。ほかに方法があるかもしれないし、落ちたあとに残るものや繋がっていくこともあるかもしれない。だけど今はそういったことは考えなかった。

自分のできる限りをぶつけ、大好きな人に振り向いてもらうのだ。

桜井さんにタダ働きすることを伝え、その日のうちに大学近くのアパートに戻った。解約の手続きは申し訳ないが両親に任せ、大学関係のものは実家へ、生活に必要な服などは東京の桜井さんのマンションへと送る。それ以外のものは処分した。

東京での住居は1LDKのマンションの一室だった。コンクリートむき出しで築年数がかなり経過したそこを、桜井さんが住居兼作業場として借りていた。

「それじゃあ成瀬、今日からよろしくってことで」

「はい、よろしくお願いします」

準備を終えて移り住んだ日、桜井さんとそんな言葉を交わす。

最低限の衣食住は保証してくれるという話で、作業場にあるソファが僕のベッドとなった。背中を痛めながらもそこで眠る日々を始める。

そして助手といっても、業務のほとんどは力仕事だった。様々な機材をスタジオや屋外の撮影現場に運び、写真を撮るためのセッティングを行う。

その合間に桜井さんから写真を教わった。

間抜けなことに、僕は写真を習いに来たのに自分のカメラを持っていなかった。

桜井さんはそんな僕を怒るどころか笑って、以前使っていたという一眼レフのカメラを貸してくれた。

どうしてもある写真の賞が欲しいことを伝え、理由についても正直に話した。

僕の話に桜井さんは爆笑していた。

「本当、ちょっと見ない間に随分と面白い人間になったな、成瀬」

その桜井さんはプロの写真家として、いかに商品の価値を高めるかに重点を置いて写真を撮っていた。物も撮れば人も撮る。どんな仕事にも熱意をもって取り組み、驚くほどに綺麗な写真を作り出していく。

桜井さんの許可を得て、時には同じ被写体を撮った。しかしどうやっても桜井さんのような写真にはならない。カメラの差ではなく撮る人間の力量の違いだった。

「成瀬の写真はお利巧すぎるんだよ」

機材の関係もあり、撮影現場へは桜井さんが運転する車で向かった。その最中に彼から言われる。

「お前はお利巧になりに来たわけじゃないだろ？　馬鹿になれよ。自分のルールをぶっ壊してみろ。そうするとお前のルールが如何に凡庸で小さくて、応用も潰しも効かない、つまらないものだったかが分かる」

機材を運び、撮影の準備をし、ファインダーを覗いてシャッターを切る。パソコンを使った現像方法も教えてもらう。一日たりとてカメラを触らない日はなかった。

それ以外にも掃除や洗濯、アイロンがけ、料理もした。アイロンはいいと桜井さんに笑われたが、一度決めたことなのでハンカチには必ずかける。

夏だったのに気付くと秋になっていた。写真の仕事に休みはなく、朝は早くに出かけて夜は遅くに帰る。

その秋も終わって冬に入る頃、驚くことが起きた。綿矢先輩から連絡がきたのだ。

《休学したんだって？》

日中は忙しくてメッセージに気付けなかった。夜になってひと段落ついた時にようやく気付き、はやる気持ちを抑えながら返信をする。

《お久しぶりです綿矢先輩。メッセージありがとうございます。その……ちょっと都合があって休学してます》

《そっか。元気してる？》

《はい、元気ですよ。大変なことも多いですが、なんとかやってます》

《今は何してるの？》

《一日中アルバイトしてます》

休学を決めたあと、大学の友人たちには連絡していた。理由は一から説明すると複雑になってしまうため「ちょっとした都合で」とボカしていた。今は何をしているのか尋ねられたら「アルバイトをしている」と答えていた。
ひょっとすると綿矢先輩にもその話が伝わり、心配して連絡をくれたんだろうか。
あるいは優しい綿矢先輩のことだ。休学の原因があの日の別れにあるかもしれないと考え、心を痛めてメッセージをくれた可能性もあった。
《あの、綿矢先輩》
そう考えた僕は先輩に呼びかける。
《こうしてまたお話ができて、僕はすごく嬉しいです》
それに続いて感謝の文言を綴った。
《大学で綿矢先輩に出会えて本当によかった》
《私は君に、酷いことしかしてないよ》
勝手に好きになったのも僕ならば、まとわりついたのも、条件を破ったのも僕だ。先輩は何も酷いことはしていない。
《そんなことありません。最初から僕には分不相応だったんです》
それに、僕では綿矢先輩と釣り合わないと最初から分かっていた。だって……。
《僕は何も持ってないから》
その直後、会話が重くなっているかもしれないと危ぶんだ。すぐ話題を転換させる。

《先輩は今は、どうしてます？》

《私？　私は変わりないよ。大学に通って、母親の手伝いで時々アルバイトして》

なんとか話題を変えられたことに安堵しつつも次のメッセージには驚かされた。

《あと、小説を書いてる》

《小説ですか？》

《うん。ちょっと賞に出そうと思ってて。秘密ね》

……僕の考えは多分、当たっていた。小説と写真で部門も選考委員も違えど、先輩もおそらく同じ雑誌の賞に応募しようとしている。

なら僕が自分の名前で入賞を果たせば、そのことに気付いてくれるかもしれない。

やがて作業に戻る時間がきてしまい、先輩と二言三言交わしてアプリを終了させた。

綿矢先輩から連絡がくるまで、結果が雑誌に掲載されるという最終選考まで進めたら充分じゃないかという気もあった。そこまでいけば一つの成果といえるからだ。

だけど、それは単に予防線を張っているだけなんだ。全力で欲しいものを取りに行こうとして、果たせなかった時のことを考えて傷つかないようにしているだけなんだ。

そんな中途半端な気概ではだめだ。何も成し遂げられない。

必ず取りに行くと決めた。それで取れなかったら傷つこうと思った。

写真の撮り方が明確に変わったと自覚できるようになったのは、十二月も半ばになった頃のことだ。色んな意見や考えがあると思うけど、写真は創作行為だということが骨身に沁みて分かってきた。

撮るのではなく作る。ほかの芸術と同じように意図をもって創り上げていく。

時には桜井さんに誘われ、十二月の街中にカメラを持って赴いた。二人で色んなものを撮る。景色に物。裏路地で見かけた猫や飛び立つ鳥、人と営み、その笑顔。

東京に来て再び写真を撮り始めたばかりの頃は、何枚かに一枚、光るものが偶然紛れ込んでいるくらいだった。

その偶然を必然に変えていく。

桜井さんのように当然となるまでには及ばないが、写真を撮ることが楽しくて仕方なかった。記録物としての写真じゃなく、創作物としての写真を作っていく。

「そろそろ公募用の写真をやってみるか」

写真家に休みはない。年末には年末の、年始には年始の仕事がある。それが落ち着いた一月の中頃、応募締め切り一か月半前になって桜井さんがそう言ってくれた。

もう僕はソファで寝ても背中が痛くなくなった。ここの暮らしに完全に慣れていた。

「撮りたいものは決まってるのか？」

「はい。泉を撮ろうかと思ってます」

「泉？　どうしてまた。地味で空間に広がりのない素材だと難易度もぐっと上がる。審査員受けが全てじゃないが、賞を取りたいならもっと審査員受けがいいものを撮れよ」

「それは……確かにそうですね。でも、どうしても挑戦してみたいんです。実はその、好きな人の名前が泉さんっていって」

僕が恥ずかしそうに告白すると、いつかのように桜井さんが爆笑した。それならそれで頑張れと、助言は惜しまないからと言って計画を聞いてくれた。

僕の中で撮りたい写真のイメージは固まり、どの場所で撮るかというロケハンも済んでいた。東京都内にも幾つか庭園が存在する。その中に無料で開放され、泉が湧き出ているところがあった。撮影の可否についても確認を終えている。

冷たく凍り付いた泉。

そこに光が差し、氷が割れる瞬間を写真にしたいと考えていた。

桜井さんに相談すると、ベストではないが悪くないと賛同してくれた。ただし、撮影環境はかなりキツいものになるから覚悟しておけと言われる。

氷が張る条件はゼロ度以下。

寝る前に翌朝の気温を確認する生活が始まった。条件が合致していれば、空が瑠璃色に染まる夜と朝の狭間(はざま)に目覚め、一人で写真の撮影に出かける。

吐く息は白く砕け、早朝の東京は無人かのように静かだ。

初めて泉に氷が張っている光景を目にした時には感動した。

その場で寒さに耐えながら待っていると朝日が差す。氷が割れる瞬間を目指し、僕はファインダーを覗き込み続けた。

凍っている泉は表情が豊かだった。光を反射してきらきらと儚く輝く。

シャッターを押す手がかじかまないよう温めながら、氷が割れる時を待ち続けた。

ついにその瞬間が訪れ、パシャッと泉に小石が放られたようなシャッター音が響く。

すぐに写真を確認したが一度でうまくいくはずもなかった。

根本的に構図がまずかったり、光の調整を含めて頭の中にある完成形のレベルが足りていなかったりした。

イメージを練り直し、日を変えて何度も挑戦してみる。桜井さんにも見せたが首を横に振るばかりで、一月はこれといった手応えを得ることなく過ぎていった。

一月ばかりじゃない。二月の初週、二週と過ぎていく。公募の締め切りが着実に近づき僕はひそかに焦り始める。

神谷透さんの名前を知ったのは、ちょうどそんな時期のことだった。

日野さんとは時々、メッセージのやり取りをしていた。日野さんは特に年末年始にかけて受験勉強の追い込みを頑張っていたみたいだ。

そして二月のその日、予定していた試験を全て無事に終えたということだった。そのことに関するやり取りをしていると、日野さんが綿矢先輩の名前を出した。

《そういえば、泉ちゃんにも関係してることなんだけど》

大学を休学したことは伝えていないが、綿矢先輩から冬になって連絡がきたことはメッセージで日野さんに伝えていた。受験勉強で忙しかったと思うけど《また話せてよかったね》と、温かい返信をその時に日野さんはくれた。

それ以降、日野さんは綿矢先輩と会ったり電話で何か話したりすると、そのことを簡単にメッセージで教えてくれることがあった。

ただ、今回はそういった種類の内容ではなかった。

《受験に区切りがつくまで話さないようにしてたんだけど……それも終わったし、成瀬くんには話しておくね。高校の時、神谷透くんっていう人がいたの。私の恋人で、泉ちゃんとも友達になっててさ。ひょっとして、泉ちゃんから話って聞いたことあった？》

神谷透さん。見知らぬ男性の名前が登場し、僕はかすかに驚いてしまった。

《いえ、初耳です。というか日野さん、恋人がいたんですね》

驚きながらも尋ねていた。以前、恋人はできたことがないと日野さんは話していた。意外だったので印象に残っていたが、記憶違いかもしれないと考えての質問だった。

返信はすぐにはこなかった。数十秒の間を挟み、日野さんからメッセージがくる。

《ちょっと複雑な話になっちゃうから電話でもいい？　成瀬くんは泉ちゃんとも私とも繋がりがあるし、せっかくだからこの機会に話しておこうかと思って》

怪訝に思いながらも了承すると日野さんがアプリで電話をかけてきた。

それから僕は、日野さんの少し特殊な高校時代の話を聞いた。

前向性健忘という記憶障害を負っていたこと。その時期に恋人がいたこと。

高校卒業直後にその恋人が亡くなり……彼の遺志で、綿矢先輩が日野さんの日記から恋人に関する事柄を消したこと。

受験を終えた今、日野さんは亡くなった恋人のことを思い出そうとしているらしかった。些細なことでもいいから、神谷透さんという人のことを知ろうとしていると。

その話を聞きながら僕はとても静かになっていた。日野さんが大変な過去を持っていたことにも驚いたが、それ以上の衝撃を別のことに覚えたからだ。

『優しい人間が、どうして嫌いなんですか？』

『優しい人間って、いい人間じゃん。そういうやつってさ……早く死んじゃうから』

過去に綿矢先輩と交わした言葉の意味が、僕の中で繋がる。

『私……優しい男は好きじゃないの』

その人だ。神谷透さん。綿矢先輩の忘れられない人は、その人だ。

――綿矢先輩が好きになった人は親友の恋人で……既に亡くなっていた。

綿矢先輩は神谷透さんの遺志に応え、日野さんの中から彼の存在を消したということだった。

でも日野さんが忘れても、綿矢先輩の中から彼の存在が消えるわけではない。

『忘れられないことがあって……だけど、忘れなくちゃいけないことは分かってて。恋愛ごっこをすればそれが全部、解決するかもしれないと思ったのかもね。お互いには深く入りこまず、表面的な、ただ楽しいだけの恋愛をすれば』

事実、綿矢先輩はそのことで苦しんでいた。

僕は先輩のことが何も見えていなかった。

「あの……大丈夫、成瀬くん？　どうかした？」

日野さんに電話口で声をかけられ、はっとなる。気付いたことを話そうかと迷うも、記憶障害を負っていた日野さんは綿矢先輩の想いを知らないかもしれない。

僕が不用意に勘づかせたり、話したりしてはだめだ。

「いえ、ちょっと驚いてしまって。話してくれて、ありがとうございました」

「ううん。実は話せる人って多くないからさ。聞いてくれて、それだけでまた整理できた気がする。長話に付き合わせちゃってごめんね。でも、ありがとう」

それから少し会話をして電話を終える。

夜の作業場に僕は一人でいた。窓に近づくと、いつかのレストランと同じように窓ガラスが自分の姿を映す。

神谷透さん。それが綿矢先輩が好きな人。好きだった人。

自分と同じ名前をした……その人。

以前、日野さんとファミレスで確認した、綿矢先輩が高校時代に好きだったかもしれない人の特徴を思い出す。

優しくて、家事が上手で、家族思いで、真面目で……。

おそらくそれは神谷透さんのことを指していた。劣化版にすぎない僕は、その神谷透さんには遠く及ばないのだろう。

しかし、神谷透さんに負けないものが僕の中にもあった。

綿矢先輩を好きという気持ちなら負けない。それだけは神谷透さんにだって負けないはずだ。負けちゃいけない。

その時になって僕はあることに気付く。特別な何か。本当はそんなもの、必要なかったのかもしれない。僕はただ、きっかけが欲しかっただけなのかもしれない。

もう一度、綿矢先輩に告白するために……。

そういったことを考えながらも、応募用の写真を作り上げるべく朝の庭園に通う。

二月の早朝とはいえ、毎日のように温度がゼロ度以下になるわけじゃない。写真を撮れる機会は限られていた。

幸いなことにその日は氷が張っていた。雲もない。庭園の空気は閑寂(かんじゃく)に澄み渡り、僕の息だけが白く吐き出され、動いている。

やがて庭園に陽が差した。光が泉にも及んでいく。

ファインダー越しに泉を見つめていると、愛しいあの人の面影が浮かんだ。待ち続ける無言の時間の中、どうして僕は綿矢先輩のことが好きなんだろうかと考えた。

容姿が優れているから？　先輩が美しいから？

どれも決定的ではなかった。容姿が優れている人ならほかにもいる。撮影の仕事で会って話すこともあった。でも僕は綿矢先輩にだけ強く焦がれていた。

あの、寂しそうな顔に……。

『成瀬はどうして写真を撮ってるんだ？』

『写真を撮ると皆が笑顔になってくれるからです』

カメラを手にしていたからだろうか。過去に囁かれ、思わず僕は目を見開く。

平凡で凡庸で、流されるように僕は生きてきた。

そんな僕にも大切にしたいものがあった。

どうして忘れていたんだろう。小学生の頃には大事に持っていたのに。大切にしていたのに。カメラと一緒に、どこかに置いてきてしまったんだろうか。

僕は人の笑顔が好きだった。カメラを向け、写真を撮ると皆が笑顔になってくれた。

だから写真も好きになった。

僕は綿矢先輩に笑ってほしかったんだ。

先輩のことを心から笑顔にしたかったんだ。

僕は先輩の辛い過去を何も知らなかった。そんな僕でも間に合うだろうか。まだ、届くだろうか。

その瞬間、視界の中で動くものがあった。音を立てて氷が割れる。

ある種の願いを込めて僕はシャッターを押した。


「終氷」


そう名付けた作品が撮れたのは、その時だった。

タイトルは桜井さんが一緒になって考えてくれた。屋外にある水が凍ることを結氷と呼び、その季節で最後の結氷を終氷と呼ぶ。

本当なら東京の終氷は三月末ではあるが、作品作りでそこは重要じゃないと桜井さんは言ってくれた。

「これはほかの誰のものでもない成瀬の写真だ。事実や常識に縛られず、最後まで自分で作り上げるんだ」

その作品で僕は賞に応募することにした。休学して半年が経とうとしていた。

一心不乱に写真と向き合い、それを生活の中心にすえて日々を過ごした。桜井さんからすればまだまだ拙いかもしれないが自分が納得する写真を作ることができた。

タイトルも決め、あとは必要事項を添えて賞に送るだけだ。

本名のほかに作者名の項目もあったけど、別の名前は使わないつもりだった。小説部門で投稿しているであろう綿矢先輩に気付いてもらうべく、本名で応募しようと。

「終氷」　成瀬透

しかし、ある考えが脳裏をよぎった。自分を点検するようにその考えを見つめる。

写真は撮るものではなく、作り上げるもの。

僕は当初、この作品で何を表現したかったんだろう。無意識にではあれ、ひょっとすると僕は心の奥で気付いていたのかもしれない。

綿矢先輩を心から笑顔にしたいと。凍り付いた表情を無くしたいと。

……その幕を引くのは僕じゃないのかもしれない。

途端に自分の名前を邪魔に感じた。自分がいてはいけない気がした。思い切って名前を変える。作者名も含め、この作品はこうあるべきではないか。

「終氷」　神谷透

綿矢先輩が好きになった人、神谷透さん。

彼はどんな人だったんだろう。どんなふうに笑う人だったんだろう。

僕の選択は間違っているのかもしれない。だけど死者を冒瀆（ぼうとく）するつもりでもなければ、先輩をいたずらに混乱させるつもりでもなかった。

先輩が好きになった人への敬意と尊敬を込め、この作品を作り上げる最後の演出として、僕は神谷透さんの名前を使わせてもらうことにした。

そうして僕は賞への応募を完了させる。

やがて季節は春を迎えた。春は写真家にとって忙しい季節だった。

公募用の写真を撮影している間、桜井さんは自分の仕事の手伝いはしなくていいと言ってくれた。その分のお返しができるよう、僕は助手の仕事に勤しんだ。

それから数か月後、受賞の電話がきた時には驚いた。

作品の意図などを事細かに尋ねられたあと、結果を知らされる。佳作だった。五作の中の一作になったという。

電話を終えた僕は、その事実にどうまとまりをつければいいか分からなくなった。

目的は果たした。これまでの月日は無駄じゃない。ただ……。

「よう、どうだった？」

作業部屋に戻ると、電話を受けて慌ただしく出て行ったことを察してか桜井さんが笑っていた。その笑顔になんだか泣きそうになってしまった。

嬉しくて、同時にやっぱり申し訳なくて……。

全力を尽くしたが、僕は桜井さんの期待を裏切って今回も佳作どまりだった。

「佳作……でした」

そう告げると部屋が静かになる。いや、もともと部屋は静かだった。単に僕の心が静まり返っただけだ。まともに桜井さんの顔が見られなかった。

しばらくして桜井さんが近づいてくる。

落胆させてしまった。悲しませてしまった。

呆れた桜井さんは横を通り過ぎ、もう僕のことなんか目に入れないかと思った。本当は人懐っこく笑う彼の顔を、見ることはもうできないと。

「よくやったな、成瀬」

しかし桜井さんは想定と異なることをした。労い（ねぎらい）の言葉をかけ、肩を叩いてくれた。

顔を上げると桜井さんが微笑んでいた。

「だけど僕、また佳作で……」

「成瀬。お前は本気でやったんだろ？　二十四時間写真のことだけを考え、カメラを触り、目が痛くなるほどファインダーを覗き込んだ。無我夢中で写真と向き合った」

「二十四時間は……考えることができてません。寝てたので」

僕の間抜けな返答に桜井さんが面白可笑しそうに笑う。

そこで僕もまた笑顔になった。

「でも、起きてる時はほとんど写真のことを考えてました」

「そうか。それで写真はどうだった？　楽しかったか？」

「はい。とても」

そのことだけは自信をもって言える。彼の目を見てまっすぐに伝えた。

するとと桜井さんが微笑んだまま視線を下げた。照れたように笑って言う。

「成瀬、いつかお前は俺に聞いたな。どうして写真を撮ってるんですか？　って」

「僕が中一だった頃の、夏休み前のことですよね。よく覚えてます」

「俺もよく覚えてる。それでその時、俺はこう答えた。写真が自分を特別な人間にしてくれるからだと。けどな、案外、俺はお前の返答も気に入ってたんだ」

そこまで言うと、桜井さんが口元に笑みを浮かべたまま尋ねてくる。

「それで成瀬。お前はどうして写真を撮る？」

僕の答えは決まっていた。

「それは……」

僕が昔と変わらない返答をすると、桜井さんはとびっきりの表情で笑った。

彼の子ども時代の素顔が伝わってきそうな、温かい笑顔だった。

授賞式は東京で八月の中頃に行われるという正式な連絡が出版社からメールでくる。

桜井さんはもういいと言ってくれたけど、僕は復学の準備を進めながらも授賞式の前日まで彼の仕事の手伝いを続けた。

授賞式を終えたら実家に戻るつもりだった。両親に直接会って報告する。日野さんにも連絡しよう。恥ずかしいから大学の人たちには黙っているつもりだった。

でも、綿矢先輩にだけは違った。

写真と受賞記念の盾を持って、先輩に会いに行こう。

そして自分の想いをもう一度ぶつけてみよう。あなたのことが好きですと。

自分の想いをもう一度、先輩に知ってもらおう。

授賞式の当日、大学の入学式用のスーツを着た僕はマンションの前で桜井さんと向かい合う。最後に桜井さんが「これ、お前にやるよ」と言って、この一年僕が使っていたカメラを首から提げさせてくれた。

「成瀬も立派なカメラ野郎だな」

二人同時に笑う。仕事がある桜井さんとはその場で別れることになっていた。

「振られても成功しても、お前が好きになった相手といつか俺のところに来い」

「振られたら難しいのでは」

「うるせぇ」

桜井さんは最後まで笑顔だった。じゃあな、と言って桜井さんが手を上げる。

僕は頭を下げ、そっと背中を向けた。

「プロじゃなくてもいいからさ」

桜井さんが僕に言う。思わず振り返った。

「写真、続けろよ」

何かの始まりは、何かの終わりでもあった。この一年を思い返して涙ぐみそうになりながらも、彼の言葉に頷いた。

「お世話になりました。また、いつか」

その言葉を残して地下鉄の駅へ足を向ける。涙がこぼれないよう上を向いて歩いた。

迎えた授賞式では思った以上に平静でいられた。写真を撮る側だった僕が撮られ、思いっきり笑顔を作ろうとして注意される。皆が笑った。

祝賀会では話しかけられ、たくさんの人に自分の写真を見てもらえたことに驚いた。しかし、それよりもっと驚くことがあった。

談笑の合間に視線を感じ、そちらに顔をふと向ける。落ち着いた色のワンピースを着た美しい人がいた。

知っている人によく似ていて見つめてしまう。

いや、似ているのではない。本人だった。先輩だ。綿矢先輩がそこにいた。

神谷透が僕だと知ってか、先輩は驚いていた。

2

『おい綿矢～。この一年、高校の後輩なんだけどさ。お前のことが好きだってよ』

断り切れずに参加した飲み会で、同級生にそう言われたのは一年以上も前のことだ。

視線を向けた先には慌てている男の子がいた。

大学一年生になったばかりといった感じの純朴そうな男の子で、どこかで見たような覚えもあったけど、はっきりとは思い出せない。

『え？　そうなの？』

『あ、いや、その』

私は大学二年生になっても透のことが忘れられずにいた。そんな私なんかではなく、好きになるなら別の誰かにした方がいい。その方が彼のためだ。

『まぁでも……私はやめた方がいいよ。すっごく面倒な女だと思うからさ』

そう考えて、あえて答えに窮する返答をした。

それなのに彼はまっすぐだった。めげることなく応じてきた。

『そ、そんなことないと思います！　先輩はとっても、素敵です』

彼の言葉に驚いていると、『いや、お前まだ何も知らないだろ』と私の同級生が突っ込む。反応して周囲の皆が笑った。

『なんていうか、それでも、雰囲気で分かるっていうか……』

随分と変わった子だなと思った。ほんのかすかに興味が湧いた。

しばらくするとその彼が隣に押しやられ、呼び方に困ったので名前を聞いた。

『君、なんていう名前なの？』

『あ、成瀬です。成瀬透』

飲み会の場所は大学近くにある居酒屋だった。近くで別のグループの大学生が騒いでいた。しかしその瞬間、あらゆる音が私から遠のく。

喧騒が耳に戻ってくると同時に、私は質問を重ねた。

『……とおる？　それって、どういう字を書くの』

『透明の透です。名前の通り、あまり個性はないかもしれないんですけど』

その成瀬透くんから告白されたのは、それから二か月もしない間のことだった。

私は透を忘れようとして彼と付き合うことにした。

成瀬くんと付き合う中で、私は彼の様々なことを知る。

顔つきは聡明そうだけど、少しだけ頼りなかった彼。押しが弱そうな彼。自分から何かに挑戦し、掴み取っている姿なんて想像できない彼。

その彼が今、神谷透という名前で賞を取っていた。謙虚な態度で、それでも背筋を伸ばして祝賀会の会場に立っていた。

成瀬くんが私のもとに歩み寄って来る。

「お久しぶりです。会えて嬉しいです。会えるかもしれないとか、そういうことを考える余裕も全然なかったので、驚きました」

彼は言葉通りに驚いていた。それは私も同じだった。

分からないことだらけだったからだ。どうして彼がここにいるのか。写真は撮るのも撮られるのも苦手だと言っていたのに、なぜ写真の賞に応募していたのか。

神谷透という名前を使っていることも……。

その彼が、一年前に比べて佇まいに芯を得たような彼が、躊躇いながら尋ねてくる。

「これが終わったあと、お話しできますか？　本当なら地元に帰ってから会いに行こうと思ってたんですけど……。今日、できたら話を聞いてもらいたくて」

「分かった。私からも聞きたいことがあるから……待ってるよ」

祝賀会が終了したあとに会う場所をそこで決める。

話したいことは山ほどあったが、彼が賞の関係者と思われる人に声をかけられると「それでは、またあとで」とその人とともに去っていった。

私は彼の背中を無言で見つめる。短いながらも、これまで何度も見てきた背中だ。

やはり一年前とどこか違った。私の知っている優しいだけの彼ではなかった。

「泉さん」

成瀬くんを見送っていると聞き慣れた声がした。顔を向けた先には透のお姉さんがいた。お姉さんは彼のことを知っているのか、私が誰を見ていたか気付いて微笑む。

「彼とは……話ができた？」

「あ、はい。少しだけ……。あの、彼、大学の後輩なんです」

「そうみたいね。私も驚いた。写真部門の受賞候補者欄に、弟の名前があったから」

それは驚くだろう。特にお姉さんは、透が写真に興味があったと知っている。

「でも大学と年齢を見て、泉さんの後輩だということは分かったの。本名も違ったしね。それで受賞が決まったあと、担当の方に頼んで由来を聞いてもらって……。どうして神谷透という名前を使っているかも分かって」

そこまで口にするとお姉さんは「叱らないであげてね」と言った。

言葉の意味に困惑していると、お姉さんが誰かに呼ばれる。お姉さんとは明日会う約束をして、彼女の細い背中を見送った。

過去から現在にわたり、私の知らない間に様々なことが起こっていた。

一時間もしないうちに祝賀会は終わる。私はホテルのラウンジへと移動した。

しばらくして成瀬くんから連絡があり、見慣れないスーツ姿の彼が数分後に現れた。

席に腰かけ、私たちは久しぶりに二人きりで向かい合う。

かけるべき言葉や尋ねたいことはたくさんあったが、私の口から一番に出てきたのはその言葉だった。

「驚いちゃったよ。色んなことに」

「僕こそ驚きました。こうして会えるなんて」

受賞者同士として会えたのなら、もっと良かったのかもしれない。しかし私では及ばなかった。反対に彼は、賞に及ぶほどに研鑽(けんさん)を重ねたということでもあった。

「写真やってたんだ。いつからなの？」

「厳密に言えば小学生の頃からです。けど、当時はパシャパシャ撮ってただけで……。意識して撮るようになったのは中学の夏からです。ある先輩と出会って」

それから私は、彼の中学時代の写真にまつわる話を聞いた。ある先輩との出会いと別れ。一年前にその先輩と再会し、写真を再び教わり始めたことも。

「だけど、どうして突然賞に応募しようとしたの？　それまでやめてたんでしょ？」

経緯を聞いても疑問は残った。尋ねると成瀬くんが私を見つめる。

彼はやがて言った。なんの気負いもなく。真摯な目をして。

「あなたのことが、好きだからです」

以前にも彼から告白されたことはあったが、込められている響きが違った。

どこまでも落ち着き、澄んでさえいた。

「だからって……。わざわざ大学を休学までして」

「ここで変われなかったら、永遠に変われない気がしたんです。全力で何かをできない自分では、綿矢先輩に振り向いてもらえなくて当たり前だと思いました。だから頑張ってみたかったんです。それで……自分に誇れる自分になって、賞をきっかけにして、もう一度先輩に会いたかった。先輩にもう一度、自分の想いを伝えたかった」

思わず心が動かされそうになる。彼の日々や努力が私に向けられていたからだ。私が好き。私に振り向いてほしい。

そんなことで休学して、東京の街で写真を撮っていたなんて……。

「無理、しすぎだよ」

眉をしならせながらこぼすと、成瀬くんが恥ずかしそうに微笑む。

「思えば僕は、無理がしたかったんだと思います。無理をしてでも振り向いてほしい人がいる。そんなに嬉しいことって、この人生で滅多にあることじゃないですから」

彼の言葉が、いつかの透のものと重なる。誘われるようにして、忘れなくちゃいけない透の言葉が私の中から浮かんでくる。

『少しの無理をしてでも出来ることがあるなら、少しの無理をしてでもしたいことがあるなら、それは幸せなことだと思ってる』

いつも恋愛は私の知らないところで何かを変えていった。

透もそうだった。冷めた人間だったはずなのに、どこまでも温かいやつになった。

目の前の成瀬くんもそうだ。

目立つところのない平凡な後輩だったはずなのに、今はこんなにも違う。

私は恋愛から隔たったところにいながらも、それによって変わっていく人間を誰よりも間近に感じていた。私一人だけが何も変わらず、知らないままに……。

「先輩は……神谷透さんのことが好きだったんですよね？」

うつむきかけていた私は、その言葉に顔を上げる。

なぜ透のことを知っているのか尋ねたら理由を教えてくれた。透の名前で応募した経緯についても聞くことができた。

驚くことは多かったが彼を怒る気はなかった。透が写真に興味があったことを知るのは私とお姉さんだけで、それ以外の人が見ても偶然に映るだろう。

「神谷が生きてた時……いつか写真を始めたいって言ってたから、すごく驚いたよ」

「神谷さんが？」

「うん。有り得ない話だけど、神谷が生きてたんじゃないかって思った。……高校生の頃、私を一度撮ってくれたことがあってさ。それも上手だったから」

感傷に駆られてか、誰にも明かしたことのない話をしていた。ついスマホを意識してしまう。

「それ、どんな写真だったんですか？」

「スマホで撮った、なんでもない写真だよ」

「見せてはもらえませんか？」

「ごめん」

誰かに見せるようなものじゃなかった。それに写真をやっている人からすれば、言ったほどに上手じゃないかもしれない。

「どうしても、見たいんです。神谷透さんが撮った先輩の写真を……。僕は」

しかし成瀬くんの熱意に負けてしまった。気恥ずかしさなどは抜きにして、透が遺した写真を、誰かに見てもらいたいという願いがあったのかもしれない。

スマホを取り出して写真を表示する。成瀬くんに渡した。

それを彼は無言で見つめた。じっと動かない。

「ありがとうございました」

そう言ってスマホを返してくれた時、私はあることに気付く。

なぜか成瀬くんの目が潤んでいた。

「どうしてそんな顔してるの？」

尋ねると成瀬くんが慌てて目元を拭う。やがて言葉を選ぶようにして応じた。

「その……どれだけ先輩が神谷さんのことを好きか、分かったからです。それに、自分が求めていたものがここにあったから」

「求めていたもの？」

「僕は、先輩を笑顔にしたかったんです。先輩は大学で明るく振舞っていましたけど、本当は、心から明るくなったことなんて、なかったんじゃないですか？」

「それは……」

「そんな先輩のことを、僕は笑顔にしたかった。それが多分、先輩を好きになった理由です。この写真みたいに僕は……先輩を心から笑顔にしたかった」

私を笑顔に。

手元にある写真を撮った日の印象や思考が、よみがえってくる。

文化祭を二人で回ったことや頰が痛くなるほどに笑ったこと。肩が触れそうなほどの距離にいた、神谷透という大好きだった人のことが。

私はあいつの前では否応なく笑顔になっていた。どんな憂いや心配事も忘れ、ただ安心して微笑んでいられた。あいつのことが心から好きだった。

「先輩は、いつから神谷さんのことが好きだったんですか？」

「……分からない。自分でも知らないうちに好きになってて、知らないうちに諦めてた。高校三年生になる時には、もう……」

再びうつむきかけるとスマホが視界に入る。そこには笑顔の私が表示されていた。忘れてしまったような懐かしい笑顔だった。

「神谷さんの、どんなところが好きだったんです？」

それから成瀬くんに尋ねられ、思わず無言になる。

「むかつくところ」

その返答に彼は驚きながらも、愛しいものを見るように口元を和らげた。

私の想いはとまらなかった。

「私と同じで冷めた人間だと思ってたのに……真織に対して、どんどん温かくなって。毎日の真織を笑顔にしたいって、恥ずかしげもなくそう言って……。優しくて、優しくて、むかつくほどに優しくて。家事が得意で。私よりも上手に紅茶をいれて。自分の損得なんて考えなくて。それで、それで、それで……」

気付くと私の視界が涙でぼやけ始めていた。私はこんなにも透のことが好きだった。

目を閉じると、あいつの笑顔ばかりが浮かんでくる。

しかしそれは横顔だった。透の笑顔は私に向けられたものではない。

それでもよかった。透と真織、二人の幸せが自分の幸せだったから。

いつまでも二人には幸せでいてほしかった。笑い合っていてほしかった。

それなのに……あいつは突然いなくなった。優しくて、神様にとられた。

神様は私みたいなだめな人間を置いて、どこまでも優しい透をとっていった。

あいつは生きていれば、たくさんの人を笑顔にしたのに。

真織のことを笑顔にしたのに。

その真織の障害だってちゃんと治るんだ。二人は普通の恋人になる。笑って、笑って、いつか結婚して子どもだって作って、普通の家庭を育んで……。

昔のことも、いつか笑い話になる。子どもは二人の間にあった大変な過去も知らず、聞いても疑って。だけど私は親友として、二人の子どもに本当のことだと話す。

時々、私の胸は苦しくなることがあるかもしれない。

それでも二人の幸せを心から祝福できる。心からおめでとうと言える。

そういう人生が送れるはずだったのに……。

切れ切れにそこまで想いを吐露した私は、顔を手で覆ってしまった。

泣いても仕方ないことは分かっていた。世界はいつも身勝手に与えては奪っていく。

仲の良かった両親も、初恋も、人の命でさえも。

泣いてもそれらは戻らない。意味がない。

けれど、どうしようもないからせめて、泣くのだ。

顔を伏せた私が静かに泣いていると、そっと差し出されるものがあった。

震える手を顔から外す。私は驚いてしまった。

いつか見たことがあるような……眩しい何かだった。綺麗にアイロンがかけられたハンカチ。衛生感を大事にしていた透が持っていたのと、同じような……。

「僕では、神谷透さんの代わりになれませんか？」

ハンカチを受け取った私に、成瀬くんが眉を下げながらも微笑みかけてくる。

彼はいつでも優しかった。私はそんな彼と、透を忘れたくて付き合った。

だけどけっして成瀬くんのことを透とは呼ばなかった。私の中の透は神谷透ただ一人で、それ以外にはいちゃいけないとすら思っていたからだ。

「私は、私は……」

「すぐには難しいかもしれません。それでも僕は、あなたが大好きだった神谷さんの代わりになりたいんです。僕は何も持っていないと思っていたけど、自信をもってこれが自分だと言えるものを持つことができたから」

賞という栄光を手にしているからだろうか。彼の目は自信に満ちていた。自分に対して疑いがなかった。

その成瀬くんが言葉を続ける。

「先輩を好きという気持ちは、誰にも負けません。神谷さんにだって負けないつもりです。公募に挑戦している時に気付いたんです。それこそが、僕が本当に手にしたかった自分だけのものだって」

胸の奥から切なさが込み上げてくる。

こんなにも誰かに好きになってもらえたことなんて、なかった。

どれだけ私が好きでも、透は真織が好きで、私の恋は叶わなかったから。

「でも私は神谷のことが……透のことが、今でも好きで……。透はいないって分かってる。忘れなくちゃいけないって、分かってる。だけど苦しくて、すぐにはできなくて」

「どうして忘れる必要があるんですか？」

「え？」

「神谷さんのこと、先輩は忘れたくないんですよね？」

「そんなこと、ない。私は、私は……忘れなくちゃ、いけなくて」

「そんな必要はありません。忘れられないものを、無理に忘れる必要なんてないんです。いや、忘れなくていいんです。だって――」

忘れられないものを、無理に忘れる必要はない。

その言葉に打たれている間にも成瀬くんが優しく笑みを深める。

「だって先輩は……神谷さんのことを愛していたんだから」

思考が途切れ、私の中に空白が生まれた。

どこまでも白く、あるいは透明で、その空白の中に透の笑顔が浮かび上がる。

今、成瀬くんはなんて言ったんだ。私が透を、愛していた？

「先輩は、神谷さんのことを愛していたんですよね。自分以上に神谷さんのことを大切にしていた。その彼がいなくなって、今も苦しんでいる。でも本当は、苦しむ必要はないんだと思います。偉そうなことを言って、すみません。神谷さんは確かにいなくなってしまったけど、今でもちゃんと先輩の中にいるから」

愛の言葉の意味が……私には分からなかった。

感じたことがないものは信じられない。感じたことがないものは存在しない。

単なる表現上の言葉だ。これまでそう信じていた。だって私の人生で、その言葉と関わり合いを持つことなんてないと思っていたから。

しかし、違ったのだろうか。私は、それに触れていたことがあったのだろうか。

高校生のいつかの日、自分が見つけたもののことを思い出す。

私は真織のことが好きだった。透のことが好きだった。一緒にいる二人のことが大好きで、自分以上に二人のことを大切にしたいと思えた。

それが自分の中にある、たった一つの純粋で美しいものだった。

今、それに名前があることを知った。成瀬くんが教えてくれた。

言葉は胸に自然と収まり、それに指を伸ばすと温(ぬく)もりが広がる。

透の姿が音もなく浮かび上がった。

私は笑った。泣きながら笑った。あることが腑(ふ)に落ち、ようやく理解した。

私は透のことを愛していたんだ。

なんだ。そうだったんだ。全て、単純なことだったんだ。どうして私はそんな簡単なことに気付かなかったんだろう。

五十音の最初の二文字に、それは用意されていたのに。

私は失恋に苦しんでいると思っていた。失恋なら忘れなくちゃいけない。いつまでも囚われていてはいけない。

だけど違ったんだ。愛する人を失ったから苦しんでいた。

苦しいのは当たり前のことだ。だって、全身全霊をかけてその人のことを好きになったんだから。自分以上に大切なものだったんだから。

涙がとまらなかった。透のことが愛しくてたまらなかった。

私は透のことを愛していた。誰よりも深く愛していた。

亡くしたからといって、その気持ちやその人のことまで忘れる必要はなかったんだ。

「私は透のことを……忘れなくていいんだ」

瞳からこぼれていくものを拭いもせず、私が呟くと成瀬くんが微笑む。

「いいんですよ」

「嘘じゃないよね？」

「嘘じゃありません」

「私、いつも本当に欲しいものが手に入らなかったの。手に入れても、失くしてばかりだったの。仲の良い両親も、初恋の人も、好きな人たちの幸せも……。でも、いいんだよね？　透のことを愛してるって、その感情は手に入れたままで、いいんだよね？」

「いいんですよ。当たり前じゃないですか」

安心もまた、私が失くしたと思っていたものだった。小さい頃に失い、透の死で手からこぼれ、二度と手に入れられないと思っていたものだった。

その言葉に私は子どもみたいに安心してしまう。

けど、そうじゃなかったんだ。世界は奪っていくだけじゃなく、与えてもくれる。

出会いも、想いも、愛しさも。全て、奪うだけじゃなく与えてもくれる。

裏返せば光るような美しいものが、本当は幾つもある。

そのことに気付いた私は、彼の前で幼い子どもみたいに顔をくしゃくしゃにした。

去った父親にも愛していた透にも見せられなかった、弱い私の素顔だった。

拝啓、あなたへ

時間は人を曖昧にしていく。

忘れないと誓ったことも、時間とともに薄れていくことがある。

反対に忘れられないと感じた痛みや悲しみも、時間が薄れさせていくことがある。

そうした中で、刻みついたように曖昧にならないことがあった。それが……。

夏休み明けのその日、私は暑さと日差しから逃れるために図書館裏のベンチにいた。

影に覆われた目立たない大学の一角にも朝の往来はある。夏休みを経て再会した人たちが弾んだ声を上げ、目の前の通路を歩いていった。

そんな光景を眺めていると、こちらに向かって駆けてくる足音の存在に気付く。

懐かしいようなその音が近くでとまった。

「おはようございます。綿矢先輩」

この一年、大学で見なかった笑顔だった。成瀬くんが微笑みながら挨拶してきた。

「おはよ成瀬くん。今日も暑いね」

「ですね。あまりに暑いので、今日はコンビニでアイスを買うことに決めました」

「いいね。どのタイプのアイスが好きなの？」

「僕は割と、ソフトクリームの形をしたやつがですね」

まるで昨日も会ったばかりのように会話をしていると、再び何人かが近くを通りかかる。

「あれ？　え、成瀬じゃんか。久しぶりだな」

　どうやら成瀬くんの友人のようだった。声をかけられた成瀬くんが視線を向け、挨拶を返す。その友人たちが成瀬くんのもとにやって来た。

「っていうか成瀬、なんかちょっと変わった？」

「ん？　あ〜どうだろ。力仕事を結構してたから筋肉ついたかも」

「力仕事……。その、都合ってやつはもう大丈夫なのか？」

「うん。そっちはおかげさまで。手続きも終わって、今日から大学に復帰したからさ」

　彼らは気遣いながらも親しげな様子で話しかけ、それに合わせて成瀬くんも笑う。

　この一年の間にしていたことを成瀬くんは大学の人たちに話していない。賞にも神谷透の名前で応募していたので、気付かないし思いもよらないだろう。

　だけど私だけは知っていた。この一年で彼がしたことを。彼が摑んだものを。

「告白の返事は、今すぐでなくてもいいかな？」

　授賞式が行われたあの日、私はラウンジで話したあとに成瀬くんにそう言った。

　恥ずかしくも泣いてしまい、考えも完全にはまとまり切っていなかったからだ。

　それでも必ず返事はすると約束した。

「構いません。いつまでも僕は待ちますから」

翌日には透のお姉さんと都内の喫茶店で会った。

成瀬くんと祝賀会のあとに話したことや、それにまつわる過去の経緯も打ち明ける。

成瀬くんが自分を想ってくれていることも。

「まさか妹から、のろけ話を聞ける日がくるとは思わなかった」

お姉さんが紅茶を飲む手を休め、そう言って私に笑顔を向ける。

「え？　い、いや。そういうのではないですよ」

「冗談」

「……もう」

和やかな空気の中で私たちは笑い合う。透を亡くしたばかりの頃では想像もつかないことだ。当時の私が今の光景を見たらきっと驚くだろう。

「あの、それで私……。透くんを、いえ、透のことを無理に忘れないことにしました」

それから私は自分の心の動きも含め、透へと向けた想いの変化について言葉にした。

恥ずかしくはあったけどお姉さんにならなんでも話せた。話したいと思った。

「泉さんは大切なものを見つけたのね」

話を聞き終えたお姉さんが優しい顔で応じる。そっと笑って彼女は続けた。

「私にとって悲しみは忘れるものだった。いえ、忘れるしか術のないものだった。でも泉さんは悲しみの中から、新しく何かに気付けたのね」

「それほど立派なものじゃありません。ただ……透のことがすごく大切で、その大切さに気付くことができたというか。透がいなくなっても、透を大切にしたいという気持ちは損なわれないし、変わらないことに気付いたんです」

愛する人が死んでしまった時、その人に向けていた想いや感情はどうすべきなのか。

私はそのことに戸惑っていたのかもしれない。

だけどその想いも感情も、失くす必要もなければ、失われてしまったと嘆く必要もなかったんだ。

それは確かにあるから。

あるものはなくならない。ただ認めればいい。そのまま大切にすればいい。

私の話はお姉さんにとって、子どもじみたものに聞こえただろう。それにもかかわらず、お姉さんは真剣に耳を傾けてくれていた。

「今、小説を書いたら、別のものが出来上がるかもしれないわね」

「別のものが、ですか？」

「そう。小説というのはある種、その人の世界を眺める視点について描かれたものだから。物語の種類に限りはあっても、人が眺める視点は限りがない。私はそれを文体と呼んでいるのだけど、文体がある限り、私と泉さんの好きな小説が途切れることはない」

その話に呆然となっていると、お姉さんが美しく、どこまでも優しく微笑む。

「そんな世界で泉さんは、どんな小説を描く？」

お姉さんとの話を終え、私はその日の夕方には自分が暮らす町へと戻った。

様々なことを考えながら残りの夏休みを静かに過ごした。

新学期になると成瀬くんが大学に戻ってくる。なんでもない顔をして私に挨拶してきた。そこで私もまた自然に応じた。

成瀬くんは大勢の人に愛され、大学に戻ってきたことをたくさんの人が喜んでいた。

私の日常にも成瀬くんが戻る。復帰祝いだと言って彼と同じ高校出身の私の同級生に誘われ、居酒屋で成瀬くんを含めた数人で飲んだりもした。

私を前にしても成瀬くんはもう慌てなかった。穏やかに静かに笑っていた。

その成瀬くんは時々、愛用品らしいカメラを首から提げていることがあった。大学の敷地内で彼が写真を撮っていると、知り合いと思われる生徒が近づいていく。

何か会話をし、成瀬くんがその人たちに向けてカメラを構えた。

成瀬くんの前では皆が笑っていた。

「あっ、綿矢先輩！」

そんな光景を眺めていたら、彼が私を見つける。写真を撮っていた相手に挨拶したあと、走って目の前までやって来た。

「走らなくてもいいのに」

「先輩に会えて嬉しかったので」

「まったく君は」

そうやって成瀬くんと話しながらも私はあることに気付く。頬に手を当てた。

「どうしたんですか、先輩？　何か面白いことでもありました？」

私は首を横に振り、なんでもないと笑顔のままに応じた。

東京でお姉さんとお茶をした日、最後にお姉さんが教えてくれたことがあった。

『そういえば昔ね』

生前の透の話だ。

芥河賞を受賞する前、サイン会を行っていた書店で透とお姉さんが偶然再会したことがあった。透は私たちと水族館に遊びに行く予定があったのだけど、真織のことを私に託してお姉さんと会って話をした。

その際に透は、真織という好きな人ができたことをお姉さんに打ち明けたという。

そしてお姉さんから真織を大切にするよう言われると、こう答えたらしい。

『うん。そうする。大切にするだけじゃない。そういう生き方が出来るように、努力していく。頑張るよ』

そういう生き方ができるように……。

話を聞いた時、思わず感じ入ってしまった。透はその言葉通りに生きていたからだ。

一時的に大切にすることなら誰でもできるのかもしれない。

しかし人生は続いていく。大切にしたいと思ったはずの何かが、大切にできなくなることだって起こり得る。悲しいくらいに情け容赦なく、全ては動いていくからだ。

そうした中で透は一時的ではなかった。

その生涯をかけて真織を大切にしていた。そういう生き方をしていた。

だからこそ、何かあった時には自分のことを真織から消すよう頼んだのだろう。

今、私はそのことを大学で思い返し、自分もそういう生き方がしたいと考えた。

できるだろうか、私に。そうやって相手を大切にすることが。

そんな相手を、透以外に見つけることができるだろうか。

……ひょっとしたら既に、私はその相手を見つけているのかもしれない。

成瀬くんへの告白の返事を保留にしたまま、いつしか季節は秋へと移り変わる。

就職活動の合間、私が大学内のベンチに私服で座っていると声がかけられた。

「綿矢先輩。こんにちは」

成瀬くんだった。ひと気のない場所にいた私を彼がいつものように見つけ、挨拶してきた。隣に座ってもいいかと尋ねられ、私はそれに頷く。

なんでもない世間話をして、そのあと一緒に空を見た。

「先輩たちは、もう具体的に就職を考える時期なんですね」

「成瀬くんもすぐだよ。どうするの、プロの写真家になるの？」

「それよりも漠然とですが、写真家を支えられる仕事に就けないかと思ってます。そっちの方が自分にも合ってる気がして」

成瀬くんは受賞したもののプロの道には進まないようだ。

写真は趣味で続けていると話し、彼の師匠である桜井さんという写真家のことを聞いた。以前も話は聞いていたが、随分と変わり者で随分といい人らしい。

「君からすると、誰もがきっといい人なんだろうね」

「そうかもしれませんね。能天気なんで」

そう言って笑う彼の首には今日もカメラが提がっていた。

私はそれを無言で見つめる。

迷いも躊躇いも忘れ……いや、既にその存在すらなく、私は言った。

「ねえ、それで私を撮ってみてよ」

すると彼は大げさに驚いた。

「え？　いや、それは」

「いいじゃん」

「……分かりました」

成瀬くんは友人のことは気軽に撮っていたけど、私のことは撮ろうとしなかった。私もこれまで自分から撮ってほしいとは言わなかった。

少し緊張した様子の成瀬くんがベンチから腰を上げる。移動して構図を探し始め、やがて真剣な表情となってカメラを構えた。

「撮る時は、撮るって言ってね」

「あっ、はい。それじゃ……撮ります」

次の瞬間、軽快でいて重みのあるシャッター音が鳴り響く。

私は彼に自分を開いた。安心と呼べる場所を前に心から微笑んだ。

写真を撮り終えた成瀬くんが呆然となる。撮った写真を確認し、驚いた表情のままに私を見た。

立ち上がった私は彼の前まで進む。冷えるね、と言って彼の手を取った。

一年以上も前、水族館でデートした時にその手に触れたことがあった。かつては繊細だった彼の手が、今はごつごつと大きく感じられた。

「そういえば、なんだけどさ。君と付き合ってもいいよ」

私が静かに伝えると成瀬くんが軽く目を見開く。

「でもね、条件があるの」

そして、冗談を口にするような表情となった私に微笑みかけてくる。「それはどんな条件なんですか？」と尋ねてきた。

「私のこと、本気で好きになってくれていい。私も君のことを好きになるから。もう好きになりかけてるから。だけどその代わり、これだけは守って」

私は笑顔を見せるとこれまでの様々な別離と出会いを思い、一つの願いを口にした。

「絶対に、私より長生きして」

微笑んでいた成瀬くんが息を呑んだように真剣な表情となる。

私は彼に向けて言葉を続けた。

しかし、うまくいかない。私は震えていた。それでも懸命に口を開く。

「心の中にいてくれれば、充分だって……分かってる。でもね、当たり前のことだけど、生きてくれたら、もっといいの。もっともっと嬉しいの。だから、お願い。私より早く死なないで。これからもずっと、生きたあなたのことを、私に大切にさせて」

それが私のたった一つの願いで、条件だった。

自分より早く死なないでほしい。

身勝手だと思われるかもしれない。保証なんてどこにもないかもしれない。

けれど誓ってほしかった。自分の命を大切にしてほしかった。

心からあなたに笑顔を向ける人を、あなたを愛する人を、一人にしないでほしい。

涙に耐えるあまり、私の顔は酷い有様になる。そんな自分を見られたくなくて、彼の顔をまともに直視できない。

それでも伝わることがあった。彼が私の手に優しく力を込めた。

「今日から野菜、たくさん食べます」

思わず顔を向けると、成瀬くんは真剣な表情をしていた。

「好き嫌いもせず、運動もします。お肉よりも魚を食べるようにします。塩分にも気を付けます」

その言葉と真剣な表情の対比が可笑しくて、私は笑ってしまいそうになる。

こんな時まで成瀬くんは成瀬くんだった。純真で真面目で……。

「あなたをけっして、一人にさせないようにします。絶対、絶対に」

どこまでもまっすぐだった。

私は瞳の奥の痛みを自覚しながら、彼に微笑みかける。

「健康診断も受けてね」

冗談めかして言うと、彼が柔らかい表情となって笑う。「そうします」と答えた。

それから大切なものを扱うように、彼はそっと私を抱きしめた。

私の初恋と、新しく大切な人に出会うまでの物語が、これで終わる。

どんな悲しみも涙も、真織と二人の透に出会えたことで報われたような、そんな人生だった。

成瀬くんに抱きしめられ、私は愛しさのあまり彼の頰に口づける。

そうするといつかの日のことが思い出された。

高校三年生が終わった春、透の通夜が行われた時のことだ。

真織は自分の焼香の番がくると、棺に入った透を無言で見ていた。その真織が通夜のあと、会場で体調を崩しかけた。足取りがおぼつかず朦朧(もうろう)としていた。

透のお姉さんと父親が気遣い、会場の別室で真織を休ませる。

私も心配になって付き添っていたが、真織の家族に迎えに来てもらう必要があると考え、二人に任せて別室を出た。

深刻な会話が真織に漏れ聞こえないよう、離れた場所で真織の母親に連絡をする。電話はすぐに繋がり、迎えに来てもらえることになった。

そのまま別室に戻るつもりが、途中である考えが脳裏をよぎる。

私はもう一度、透と会いたかった。

既に場所を移されているかもしれない。通夜を行った部屋には入れないかもしれない。

そう考えながらも灯りのともった会場を訪れると、扉に鍵はかかっていなかった。

透はまだそこにいた。

いや、そこにあるのは透の体だけだ。魂はそこにはない。透は既に旅立ってしまった。

透だったものは煙のように消え、体に戻すことはかなわない。

それでも私は、初めて好きになった男性のもとに歩み寄った。

透は棺の中で目を閉じていた。白かった顔が以前より更に白い。愛しくて、触れたくて、思わず透の頬に手を添える。

文化祭の日、その頬に自分の唇がぶつかったことがあった。

あれは故意にしたことではない。偶然だった。だけど今度は……。

真織に申し訳ないと思いながらも、私は自分をとめることができなかった。

透の遺志は必ず守るから。透の死を真織に気付かせないようにするから。

そのあとのことも全部、全部、私がやり遂げてみせるから。私が真織を守るから。

だから……お願い。

誰かに許しを請うようにしながら、私は透の頬にそっと口づけた。

愛しい人との別れの日を思い返しながら、ゆっくりと私は目を開く。

視界のうちでは成瀬くんが恥ずかしがるように笑っていた。

通夜のあの日、口づけた透の頬は悲しいくらいに冷たかった。

自分の大好きな人が冷たくなってしまう。動かず、もう目を開かない。そんなことが起こるなんて想像もしていなかった。

そんな私が今、温かい物に触れていた。愛する人と愛した人の温かさを感じていた。

確かに感じているこの温かさを信じたいと私は思った。

透の頬に口づけた時のように涙が一条こぼれる。

その涙もまた、温かかった。


こうして私は成瀬くんと恋人になり、同時に真織とも親友であり続けた。

真織は大学に通いながらも透を必死に思い出そうとしていた。

だけどそれで自分の人生を疎かにはしなかった。自分の人生を楽しみながら、可能性を広げながら、そのうえで自分の選択として透を思い出そうと頑張っていた。

私は就職活動を本格化させながらも、そのかたわらで小説を書き続けた。成瀬くんの挑戦は終わったけど私のものは続いている。

いつか自分の小説を最愛の姉に届けると誓ったから。

あとで調べたところ、以前投稿した作品は二次選考で落ちていた。就職活動をしながら三年生の時に投稿した作品は、三次選考までは進むことができた。

結果を知った頃には就職活動も終わる。翌年の春には大学を卒業し、新卒として働き始めた。

その一年もあっという間に過ぎる。社会人二年目となる春には真織とお花見をした。社会人になっても真織とは会っていた。いつしか真織も大学四年生となり、一年休学していた成瀬くんと学年的には同じになっていた。

真織は依然として透を思い出そうとしていた。日記や私の言葉を頼りに、透と行った場所へ赴き、透としたことをして、必死になって思い出そうと試みていた。

そうやって自分と向き合い続け、透のことを少しずつ思い出していった。

真織に誘われて桜を眺め、楽しく会話をしながら公園の桜並木を歩く。真織と透が初めてデートした場所で、高校生の頃には三人で訪れたこともあった。

そのお花見の最中、私はあることを実感させられた。

そっと目をつむり、瞼の裏に透を思い描く。暗闇の中に透が現れるが、その顔は少しばかり薄れていた。透は悲しいくらいに過去になっていた。

忘れたいと願ったこと。忘れなくていいんだと涙したこと。

そういったもの全てを包み、時間は容赦なく進んでいく。あらゆるものを過去にして。誰も時間をとめることはかなわず、忘却にあらがうことはできない。

それでも人は……何かを繋ぎとめる。大切なことは、けっして忘れない。

透の話をしていたら、真織が透のことを新たに思い出す。手にしていたクロッキー帳にその姿を描き出した。

「私が好きだった彼は、もう……いない。だけどその記憶は、ちゃんと私の中にある。体に、心に眠ってる。思い出すことで、一緒に生き続けることが出来る。それは上手く言えないけど、希望みたいなものに違いないと思うんだ。世界は徐々に彼を、透くんを忘れていってしまう。それでも」

真織は自分と向き合い、写真にも動画にも残っていない透の姿を描き出していた。

私は真織の姿に深く感じ入った。真織は心で透を描き、絵にして残していた。

それは私にはできないことだった。

その代わり、私にしかできない透を残す方法があった。

お花見のあと、私は家に帰ると小説を一から書き始めた。二月に投稿は終えていたけど、新しく書きたくて仕方なかった。そうしなければいけないとすら思った。

自分の文体で透を描く。それは私にしかできないことだから。

翌年、私はその小説で投稿五度目にして受賞を果たすことができた。

選考委員のお姉さんに自分の小説を届けるという目標が、五年をかけてかなった。

成瀬くんはカメラメーカーの社員となっていて、受賞の報告をすると喜んでくれた。

私と彼は今でも一緒にいる。彼が撮った終氷の写真も、私のスマホの中にある。

成瀬くんは趣味で写真を続け、桜井さんという彼の先輩で友人の写真家にも紹介されていた。二人は子どもみたいに仲良しだ。今でもよく会っている。

受賞したことを真織にも伝えようか迷ったが、本になるまで黙っておくことにした。私が小説家になったと知ったら真織はどんな顔をするだろう。喜んでくれるだろうか。

その年の夏に授賞式を終え、受賞した小説の単行本化に向けて作業を始める。

担当の編集者から助言を受け、選考委員のお姉さんからアドバイスももらって加筆と修正を行った。仕事をしながらで大変ではあったものの、その作業は楽しくもあった。

そして秋の空が広がるよく晴れた今日、入稿に必要な作業が完了した。

あとは内容の最終確認のため、担当の編集者にデータを送ればそれで終わる。

データを保存したあと、私は小説の冒頭に戻った。無言で画面と向き合う。

まだ一つ、やるべきことが残っていた。

担当の編集者には相談していなかったことだけど、一ページ分の余白を作る。

そのページ中央に文字を打ち込んだ。

《この小説を今は亡き神谷透さんに捧げます》

点滅するカーソルを見つめる。ここまでは許されても、次の一文は削除するよう言われてしまうだろう。それでも構わない。私にとってこの小説の完成形はこうだから。

そんな思いを込めて文章を続ける。

私は私のやり方でこれからも透を覚え続ける。過去にも忘却にも渡さない。

渡してなんて、やるもんか。たった一度の初恋だ。たった一度の失恋だ。

私の傷だ。痛みだ。涙だ。全部、私の宝物だ。きらきらと輝く美しいものだ。

思わず透の姿を思い出し、じんわりと瞳が痛んだ。

透がいなくなり、いったい、どれだけの月日が過ぎただろう。

人の命は儚いものかもしれない。灯(とも)されたら必ず消える火で、そのことからは誰ものがれることはできない。

しかしその過程で人は、温かなものを残していく。

命の火にあてられた私は今も、こんなにも温かい。

そして、透はもうこの世界にはいないけど、私の中には確かに存在している。

そんな透に私は言いたいことがあった。

目に見える世界に透はいないけど、私の中にいる透に向けて私は言いたい。

あなたは美しく生きていたと。

あなたは優しく温かく、誰よりも美しく生きていたと、あなたにそう伝えたい。

最後の文字を私は打ち込む。

完成した文章を見て、あまりの拙さに笑ってしまった。

でもようやく形にすることができた。私は透のことを……。

この小説を今は亡き神谷透さんに捧げます。
友情と敬愛と尊敬と、とびっきりの愛を込めて。

あとがき

かつて自分の中にあったもので、消えていってしまったもののことを時々考えます。

それは何かに対する情熱だったり、習慣だったり、人への感情だったり。

自然に消えていくものであれば、今の自分に必要ないものだったのかもしれないと割り切ることもできます。

しかし、自然に消えていくものばかりではありません。環境の変化や対象の喪失によって、望んでいないのに消すことを迫られるものもあります。

それはひたむきな情熱だったり、愛着のある習慣だったり、人への想いだったり。

大切にしたかったものを諦めるよう迫られた時、人はどうあるべきなのか。

本作には愛する人を失った少女が登場します。自分以上に大切だったものを失くしながらも、彼女が自分の中にある美しい感情に気付く物語でもあります。

生きている限り、どんな平穏も無傷ではいられません。

それでも、たとえ大切な何かを失ったとしても、それを好きで大事にしたかった気持ちまで失くす必要はないのではないか、と考えています。

消えてしまった、失ってしまったと思っても、別の形で残り続けることもあるから。

以下、謝辞となります。

本作は『今夜、世界からこの恋が消えても』のスピンオフとして執筆した作品ですが、原作を書いていた当時から形にしたかった内容でもありました。

それが皆様のおかげで世に出る機会に恵まれ、とても嬉しく思っております。

担当編集様との付き合いも少し長くなりました。これからもよろしくお願いします。

原作の映画化に携わってくださった全ての方。

綿矢泉の物語が出版できたのも、皆様のご尽力で映画化に至ったからです。映画化と合わせて深く感謝しております。

カバーを担当いただだいたKoichi様、この度も素敵な作品をありがとうございました。直接お会いすることが今は難しいので、感謝の念をここで表させてください。

Koichi様の作品と初めて出会ったのは、第二十六回電撃小説大賞の授賞式当日、式の約一時間前でした。受賞作のカバーを担当編集様と相談する中でKoichi様の作品を紹介いただき、「是非このお方で」と申し上げたのを今でもよく覚えています。

それ以降、私の本は常にKoichi様の写真とともにありました。

二作目のカバーもご担当いただき、有難(ありがた)いことに受賞作とそちらが翻訳され、海外へ本が旅をしました。

一枚で物語の世界観を表現する。大切な瞬間や感情を残す。人を笑顔にする。お付き合いを通じて写真がもつ様々な力をあらためて実感し、感銘を受け、今回こうして小説の一つの題材にさせていただきました。

いつか直接お礼を言わせてください。お会いできる日を心から楽しみにしています。

最後に、この本を手に取ってくださった方へ。

恒例の言葉となってしまいますが、文章は同じでも感謝の念はいつも新しいです。

本作を手に取ってくださり、本当にありがとうございました。

お一人お一人に直接お礼を言うことがかないませんので、今回も代わりにここで頭を下げさせていただきます。

またいつか、どこかでお会いしましょう。

一条（いちじょう）　岬（みさき）

<初出>

本書は書き下ろしです。

この物語はフィクションです。実在の人物・団体等とは一切関係ありません。

メディアワークス文庫

今夜、世界からこの涙が消えても

一条 岬

2022年6月25日　初版発行
2024年12月15日　18版発行

発行者　山下直久
発行　株式会社**KADOKAWA**
〒102-8177　東京都千代田区富士見2-13-3
0570-002-301（ナビダイヤル）
装丁者　渡辺宏一（有限会社ニイナナニイゴオ）
印刷　株式会社KADOKAWA
製本　株式会社KADOKAWA

●お問い合わせ
https://www.kadokawa.co.jp/（「お問い合わせ」へお進みください）
※内容によっては、お答えできない場合があります。
※サポートは日本国内のみとさせていただきます。
※Japanese text only

※定価はカバーに表示してあります。

Printed in Japan
ISBN978-4-04-914466-6 C0193

メディアワークス文庫　https://mwbunko.com/

本書に対するご意見、ご感想をお寄せください。

あて先
〒102-8177　東京都千代田区富士見2-13-3
メディアワークス文庫編集部
「一条 岬先生」係